パタゴニア
ふたたび

PATAGONIA REVISITED

Bruce Chatwin　Paul Theroux

ブルース・チャトウィン
ポール・セルー　池田栄一 訳

白水社

パタゴニアふたたび

ブルース・チャトウィン　マゼランがパタゴニアを発見したのが一五二〇年。それ以来、パタゴニアは黒い霧と旋風が渦巻く、人の住む最果ての地だと思われてきた。「パタゴニア」という言葉の響きは、「マンダレイ」[1]や「ティンブクトゥ」[2]と並んで、「地の果て」の代名詞として、西洋人の想像力をかき立ててきたのだ。だからこそ、メルヴィルもまた、『白鯨』の第一章で、あまりの怪物じみた異様さに思わず引きこまれてしまう光景を描くのに、「パタゴニア的」という形容詞を当てたのだった。

それに、その怪物が島のごとき巨体を転々とさせている遠い荒海。とうてい言葉では表せないほど恐ろしい鯨の危険性。それに付随する、まさにパタゴニア的とでも称すべき驚異的な光景や音響のかずかず。そうしたものすべてが、私の心をゆさぶって、あんな願望へと駆り立てたのだ。

同じようにパタゴニアを訪れたとはいっても、ポールと僕とではその目的は全く異っていた。だが、二人とも旅行者として一括《くく》りにされるとすれば、我々はいわば「文学的旅行者《リテラリ・トラベラー》」なのだ。珍種の動植物だけでなく、文学作品に登場する土地や文学的連想にも、思わず興味をそそられるところが似ている。そんなわけで、パタゴニアにまつわる文学作品にも、いくつか触れることになるだろう。

さらに二人の共通点をあげれば、流浪者《エグザイル》たちの境遇に心惹かれるところか。もし明日、全世界が吹っとんだとしても、パタゴニアさえ残っていれば、世界中の民族を集めた、驚くべき一大縮図がみられるはずだ。流浪者たちはみな、ただこの地に流れ着いたという以外にさしたる理由もなく、この「流れ者の行き着く岬」に吹き寄せられた者ばかり。

ほんの一日、パタゴニアを巡れば、旅行者はありとあらゆる民族に出会う。ウェールズ人、イングランド人牧場主、サンフランシスコのヘイト・アシュベリーから流れてきたヒッピー、モンテネグロの民族主義者、アフリカーナー、バハーイ教(3)の伝道に来たペルシア人、洗礼を施すために巡回する英国国教会ブエノスアイレス教区の大執事。

あるいは、馬の調教師にしてアナーキストであるバウティスタ・ディアス・ロウのような連中もごろごろしている。僕がロウに会ったのは、チリ南部のプエルト・ナタレス近郊だった。彼は自らの手で多雨林を切り開き、牛の大放牧場を作っていた。驚いたことに、彼はビーグル号の航海について一端《いっぱし》の事情通だった。といっても、本から得た知識ではない。字を読めるかどうかも怪しい男だ。実は、ダーウィンとフィツロイ艦長が「ビーグル水道」を通過するとき水先案内人をつとめたのが、彼の曾祖父、ウィリアム・ロウ船長だったのだ。俺の勇気とつむじまがりは「イギリス人の血《サングレ・ブリタニカ》」が混じっているせいだろう、と言う。イギリス人である僕に花を持たせるあたり、ロウは太っ腹な男だった。

かつて前人未到のパタゴニアを訪れたヨーロッパ人たちは、この地を「悪魔の大地」と思いこんだ。本土には巨人族が住んでいると信じる者もいた。その巨人族たるインディオのテウェルチェ族[4]も、よくよく知り合ってみれば、身の丈も獰猛さも噂ほどのことはなかった。あるいは、このテウェルチェ族が、スウィフトの『ガリヴァー旅行記』に登場する、粗野だが人の良いブロブディンナグ人[5]のモデルとなったのかもしれない。

それだけではなく、パタゴニアは珍獣、珍鳥の宝庫でもある。「ペンギン」という語は、ウェールズ語（「ペン＝グウィン」）で「飛べない鳥」という意味らしい。エリザベス朝時代の水夫たちの間では、ジャッカスペンギンは溺死した仲間の霊だという言い伝えが信じられていた。そして十七世紀には、プエルト・デセアドを訪れた探検家サー・ジョン・ナーバラがこう書き記している。ペンギンは「真っ白いエプロンをかけた幼い子供たちのように、おおぜい集まって突っ立っている」と。それに、コンドルもいる。どういうわけか、コンドルはゼウスの鷲[6]や、船乗りシンドバッドを運ぶ巨大怪鳥ロックとごっちゃにされた。そして十八世紀、イギリスの私掠船を操るシェルヴォック船長がアホウドリを見たのも、マゼラン海峡を望むティエラ・デル・フエゴ沖でのことだった。

陰鬱な黒雲がたちこめ、ほんの一時も天が顔をのぞかせることはなかった。

……こんな厳しい自然環境のなかでは、たとえどんな生き物でも生存はむずかしかろう。実際、魚一匹、海鳥一羽すらずっと姿を見せていない。ただ唯一の例外が、気を滅入らせるような黒い一羽のアホウドリだった。まるで方角を見失ったかのように、頭上を舞っている。突然鬱病の発作に襲われて、副艦長のハットレイが言った。そう言うや、あの鳥はずっと俺たちのことを見張ってやがったな。黒い色からして、何か不吉なことが起こる前兆かもしれない。……そして何度か失敗を繰り返した後、ついにアホウドリを射落としてしまった。これできっと順風に恵まれるにちがいない、と(おそらく)信じて……

(ジョージ・シェルヴォック『世界周航記』、一七二六年)

言うまでもなく、この文書がワーズワスの目にとまり、コールリッジの手に渡って、やがて次の一節となる。

霧が出ようと空が曇ろうと
九日間もマストや帆綱に、かの鳥は止まっていた。
立ちこめる白い霧の合い間から
夜毎白い月光りが明滅した。

「神よ、老水夫を救いたまえ！
かくもあなたを悩ます悪霊から！——
なぜそんな顔を？」——「石弓を取り、わしはアホウドリを射落としたのだ」*

（サミュエル・テイラー・コールリッジ『老水夫の歌』(7)、一七九八年）

＊　この講演のあと、まさに同じ海域で第二の「射殺」が起こった。一九八二年五月二日、イギリス

海軍の潜水艦によるアルゼンチン海軍の巡洋艦ベルグラーノの撃沈である。翌日か翌々日の新聞で、ある記者が、この戦闘は「サッチャー首相にとってアホウドリ（心の重荷）となるだろう」と論評した。もっとも、そこにこめられた文学的な響きを、おそらくこの記者は意識してはいなかったであろうが。ハットレイ航海士がアホウドリを射殺したのは、船がちょうどティエラ・デル・フエゴの最も東寄りの岬を回った直後のことだった。一方、巡洋艦ベルグラーノに魚雷が命中したのは、交戦水域の外をティエラ・デル・フエゴに向けて帰還中のことだった。

十九世紀後半になっても、パタゴニアを「驚異の新世界」とみる見方を一掃することはできなかった。ダーウィンをはじめとする科学者たちが表層の土を掻き取ると、たちまち先史時代の哺乳類の墓場が出土した。その哺乳類のうちの数種は今も生存していると考えられた。ほかにも、化石の森や、シューシューと泡立つ湖、それに南の浜に茂る森を滑りおりている青い氷河も見つかった。

ポール・セルー　どこか旅に出たくなると、なぜか南に足が向く。「南」という言葉には「自由」の響きがある。少年のころ、題名に惹かれて、サー・アーネスト・シャクルトン[8]の『南極』という本を買ったこともある。僕が最初に仕事についたのはニアサランド[9]の南部だった。この地を選んだのは間違いではなかった。自分をじっくり見つめ直すのにふさわしい場所だったから。そして、そこで作家としての第一歩を踏み出したのだ。

　ほかにすることもなかったので、僕はパタゴニアに行こうと決めた。深い考えがあったわけではない。パタゴニアに関する僕の知識といえば、アメリカ大陸で最も住人が少ない未知の土地で、そのため、様々な伝説と、怪しげな真実と、誤った情報が促成栽培されている温室のようなところ、といった程度だった。しかも、陸路づたいに行けるのだ。ボストンで朝目覚めて、これから飛行機を使わずに一万五千マイルの旅に出かけるという計画が夢ではないと知る喜びにまさるものがあるだろうか。(飛行機を使わずにすむというのは僕の思い違いだったが、当時はそんなことは知らなかった)。

パタゴニアはまるでアメリカの一行政区のような気がした。パタゴニアの人々だって自分たちのことをアメリカ人と呼んでいるのだ。地図を広げて南への道をなぞってみる。メキシコを通過し、中央アメリカを全速力で縦断する。その後、南アメリカ大陸に注ぐ大きな漏斗《じょうご》に入り、アンデスの山並みをゆっくりと南へ下って、やがてガタゴト列車でパタゴニアに着く。そこが旅の終着点だ。ボストンを旅立った日は雪景色だった。だが、パタゴニアに行けば気分も変わる。そこには別の風土があり、どこをさまよっても誰にはばかることもないのだ。

こんな気分で旅立つのは最高だ。まさに意気揚々たる気分だった。とはいえ、遠方への旅であればあるだけ期待は過剰になるものだ。むろん、一人旅は楽しみが多い半面、ハンディも大きい。それを思い知らされたのは、もう少し旅を続けた後のことだった。

パタゴニアの写真はそれほど多くない。だから、そこがどんなところなのか、イメージが浮かばなかった。ただぼんやりと伝説の世界を空想するほかない。浜をのし歩く巨人族、平原を走るダチョウ、そして流浪者たちの寂寥感。ヨーロッパから逃れてアメリカに渡ってきた僕の先祖たちも、きっとそんな思いを抱いていたことだろう。なんとかパタゴニアのイメージを思い浮べようとしてみたが無駄だった。まるで遠くの惑星の風景を思い描け、とか、玉葱の臭いを絵に描け、と言われたみたいに、まったくお手上げだった。だが、見たことのない風景というものは、それだけで足を運ぶに足る理由ではないだろうか。

　パタゴニア行きには、もう一つはっきりした理由があった。実は一九〇一年に、僕の曾祖父がイタリアからアルゼンチンに移住を企てている。当時五十二歳。ピアチェンツァ[10]近郊のアガツァーノという小村の百姓で、暮らし向きはみじめだった。彼にとって、アルゼンチンは、アメリカ、大牧場、豊かな生活を意味した。彼は四人の子持ちだった。このまま行けばどうなるか、彼にはよくわかっていた。先に移住したイタリア人たちから届く頼りも、アルゼンチンはイタリア人が住みつくのにもってこいの土地だ、といった景気のいい話ばかりだった。実際のところ、イタリアからの移民の数は相当なものだったのでアルゼンチンは永遠にそこなわれてしまった、と博物学者W・H・ハドソン[11]を嘆かせたほどだ。彼が二度とアルゼンチンに戻ろうとしなかった理由の一つは、イタリア人たちが鳥の生態をめちゃめちゃにしてしまったからだと言われる。

いずれにせよ、わが曾祖父フランチェスコ・カレサはアルゼンチン行きの荷造りをした。彼だけが特別だったわけではない。数千人もの男たちが同じことをしていたのだ。ところがいざ船まで来てみると、今ブエノスアイレスでは黄熱病が大流行しているので、アルゼンチンに渡ることはできない、船の行先はニューヨークに変更された、と告げられる。

かくして、不安はあったものの、カレサは妻と四人の子供を引き連れてニューヨークに渡った。そしてたちまち肌に合わないとわかり、到着した瞬間から逃げ出す算段をする始末。だが、妻のほうは頑として同行を拒んだ。結局、カレサだけがアメリカから飛び出したときに、二人の結婚生活は終わりを告げた。独り身となって老いてゆくカレサには、もはやアルゼンチンで再出発するだけの元気は残っていなかった。

こうしてパタゴニアは、僕にとって、未知の風景、自由の地、わがアメリカの最南端、旅の最終目的地を意味していたが、加えて、曾祖父が望んで果たしえなかった旅の完成という意味合いも兼ねていたのだ。

そして長い旅路のあと、やっとパタゴニアに着いたとき、ここは一体どこなんだろう、といった感覚に襲われた。だが、何より驚いたのは、自分がまだこ、の、地、球、上にいることだった。数か月もの間、南をめざしてはるばると旅をしてきたというのに。

風景は荒涼としていたが、それでも何とか表情を読み取ることはできた。そして今、僕はその風景のなかにいる。そのことは否定しようがない。これは一つの発見だった。この地にも表情がある。人跡未踏の地といえども一つの場所なのだ、と僕は思った。

下の方はるか、パタゴニアの深い渓谷が黒っぽい岩肌を見せている。岩は太古からの縞模様を描き、洪水による割れ目が刻まれている。前方には、強風のせいで削られ、裂け目が覗く丘陵が広がっている。そして風は今、灌木の茂みで歌っている。灌木もまた風の歌に身を震わせ、やがて体をこわばらせておし黙る。空は抜けるように青い。マルメロの花のように白い入道雲が、町から、あるいは南極から小さな影を運んできた。影は次第にこちらに近づき、叢《そう》林を横切るときに波立ち、僕の頭上を通り過ぎる。一瞬ひんやりとした。それから、襞《ひだ》となって東に去っていった。あたりは声ひとつしない。僕が目にする風景は、ただそれだけ。彼方には、山脈や氷河が広がり、アホウドリやインディオたちが住んでいることだろう。だが、ここにはこれ以上語るべきものも、足を引きとめるものもない。

パタゴニア特有のパラドックスと言えばいいのだろうか。広大な空間にひっそりと咲く花々。ここでは細密画家になるか、それとも何もない巨大な空間に興味を抱くか、そのどちらかしかない。注意を傾けようにも、両者の「中間」のものが何もないのだ。砂漠の広大さか、小さな花のひっそりとした佇まいか。パタゴニアでは、極小か極大か、どちらかを選ばねばならない。

ブルース・チャトウィン　僕の場合、まだ物心つかない三歳のころから、パタゴニアは「驚異の新世界」だった。祖母が骨董品を集めた飾り棚には、ある動物の毛皮の切れ端が収められていた。赤みがかったごわごわの毛で、皮には錆びたピンでカードがとめてあった。

「あれなあに?」と尋ねると、「ブロントサウルスの毛皮よ」と教えられた。少なくとも、そんなふうな答えだったと思う。

僕が聞いた話はこうだ。祖母のいとこで船乗りだったチャーリー・ミルワードは、ティエラ・デル・フエゴで、氷河のなかに完璧な状態で保存されているブロントサウルスを見つけた。彼はそれを塩漬けにして樽に詰め、サウス・ケンジントンにある自然史博物館へ送った。だが、運悪く熱帯を通過する船旅の途中で腐ってしまう。博物館にあるのは骨格だけで、皮がないのはそのためなのだ。一方、チャーリーは毛皮の切れ端を祖母にも郵送していた。

言うまでもなく、これは作り話だった。ブロントサウルスには毛がなく、よろいのようなウロコ状の皮膚でおおわれている。九歳かそこらでこの事実を知ったとき、僕はひどいショックを受けた。子供時代に憧れた夢の動物は、実際はミロドン、すなわち巨大なナマケモノだったのだ。* パタゴニアでは約一万年前に絶滅した動物だが、彼が見つけたのは、チリ領マガリャネスのラスト・ホープ湾付近の洞窟内で、

* ダーウィンもプンタ・アルタでミロドンの骨を発見した。アラン・ムーアヘッド著『ダーウィンとビーグル号』(浦本昌紀訳、早川書房) 七五―八頁参照。

乾燥した空気と塩分のおかげで腐敗を免れていた皮と骨と排泄物だった。

チャーリーは変り者で、癇癪持ちだったようだ。最初に船長を務めたニュージーランド海運のマタウラ号は、一八九八年マゼラン海峡の入口にあるデソラシオン島付近で難破。船の残骸を引き揚げる作業をしているうちに、南の辺境の魅力に取り憑かれ、陰気なプンタ・アレナス港に腰を落ちつけた。そこで鉄の鋳物工場の株を買う。

一九〇四年にはイギリス領事となり、里心がついたのか、バーミンガムにある父親の牧師館をそっくり復元した家を建てている。「あんな家に住んだんじゃ、さぞお迎えも早かろうよ」とは、近所の人の言い草。一九一五年に、チリ海軍がタグボート、エルチョ号を派遣してエレファント島[12]に残された部下を連れ戻してくれるまで、ポールの話に出たサー・アーネスト・シャクルトンが鬱々たる日々を過ごしたのは、ほかでもないこの家だった。

ところで、その十二年前、チャーリーはミロドンの皮と骨を手に入れようとして、アルベルト・コンラートという半分気の狂《ふ》れたドイツ人砂金採りが洞窟にダイナマイトを仕掛ける手伝いをしている。当時はヨーロッパの自然史博物館が言い値で買い取ってくれたのだ。サー・アーサー・スミス・ウッドワードのような動物学者たちは、まだミロドンが生存していると信じていたし、『デイリー・エクスプレス』紙はミロドン探索隊に資金を提供する有様だった。むろん、探索は失敗に終わるが、そのエピソードがコナン・ドイルの『失われた世界』の種本となったらしいという意味では、文学にも影響を与えたことになる。

子供のころ、僕はあの毛皮の切れ端が無性に欲しかった。あれほど何かを欲しいという気になったのは、あとにも先にも一度だけだ。だが、祖母が死んだとき、毛皮も捨てられてしまった。いつかきっと、僕も探検に行き、あれに代わる物を手に入れてやるぞ、と子供心に誓ったものだった。そして一九七六年のある嵐の午後、この擬似探検はついに目的を果たした。洞窟の奥で、僕はミロドンの毛を数房とミロドンの糞の塊を見つけて座りこんだ。まるでつい先週、馬が残したかのようだった。（あまりに生々しかったので、掃除にきたおばさんが文句を言って捨ててしまったくらいだ。）

　ミロドンの遺物を発見した瞬間、「アベ・マリア」の歌声が聞こえた。とうとう俺も気が狂《ふ》れたか、と思った。だが、歌っていたのは、土曜の午後を利用してバスツアーに来ていた、プンタ・アレナスの修道女たちだった。そう言えば、一週間前にビルヘネス岬（処女岬）にあるペンギンのコロニーを見に出かけたときに、彼女たちの姿を見かけたのだった。

　僕が見つけた糞の塊は、ギリシア神話でイアソンが獲得した金の羊毛とはちょっとちがったが、これをヒントに旅の本が一冊書けそうな気がした。なにしろ、最古の旅行譚は、語り手が故郷を後にし、伝説上の獣を捜し求める、といった形式をとるものだから。

ポール・セルー　ダーウィンがパタゴニアを訪れたのが一八三二年。それから二、三年もしないうちに、あるアメリカ人の一家が、ブエノス・アイレスから十マイルほど離れたリオ・デ・ラ・プラタに移り住んだ。当地では初めてのアメリカからの移民で、彼らには骨の髄までヤンキー魂が染みこんでいた。男はマサチューセッツ州の港町マーブルヘッド生まれ。妻はピルグリム・ファーザーズを先祖にもつ、メイン州の名家の出。二人は牧畜業を営むが、結局不振に終わる。それでもアルゼンチンに残り、余生を全うした。この二人の息子が、一八四一年キルメス村で生まれたW・H・ハドソンである。

イギリス人と自称するわりには、一風変わった家系だった。三十二年間アルゼンチンに住んだハドソンは、そのうち一年ほど、パタゴニア（リオ・ネグロあたり）で暮らしている。一八六八年、父親の死去を契機にハドソンは南アメリカを離れ、イギリスに渡る。イギリスでは赤貧洗うがごとき暮らしが続き、妻が細々と営む下宿業に頼る生活。彼が息を引きとったのは、ノース・ケンジントンにある最後の下宿屋の最上階だった。実に狭い部屋で、そこが彼の仕事場でもあった。六フィート三インチもある大男にとって、この小部屋での生活はまさに地獄だったにちがいない。

ハドソンという人は、この上なく穏やかな人柄だったらしい。パタゴニアのことを決して忘れず、生涯パタゴニアをめぐる著作に打ちこんだ。イギリスでも、パタゴニアによく似た土地を好んだ。住む人もない吹きさらしの平原、たとえばコーンウォールやソールズベリー平野を。そして、自分自身のことを、「言葉の本来の意味におけるナチュラリスト」で、「動物の生態と会話」にもっぱら関心がある、と語っている。

ホルヘ・ルイス・ボルヘスがこんなことを言っていた。「あそこに行っても何もないよ。パタゴニアには何もないんだ。ハドソンがあそこを気に入っているのも、そのせいさ。その証拠に、彼の本には人間が一人も登場しないだろう」と。

たしかにこの言葉には一面の真理がある。そして、ハドソン自身も『パタゴニア流浪の日々』で、その理由をほのめかしている。「これまで教わってきたことに反して、人間は獣よりも少し下等ではないか、と思えることがたまにある」と。

ハドソンの本は一風変わっている。鳥のことだけを書いた本も何冊かある。『水晶時代《クリスタル・エイジ》』という小説では、彼は性的衝動を抑えるよう説いている。そこで提出されたハドソンの考えによれば、産業主義とその非創造的な仕事は、人間の性的衝動を加速し、異常性欲という人間の欠点を生み出した。その弊害を是正する道は、女王蜂だけが出産する蜜蜂の社会を見習って、人間も一社会で一人の女性だけが子供を生むことだ、と彼は信じていた。

エドワード・ガーネットに宛てた手紙にも、この根本思想が述べられている。性的な「熱狂が大地を焼き尽くすまで」、この世に平和が訪れることはないでしょう、と。結婚したとき、彼は三十五歳、妻は五十歳だった。むろん、子供はもうけなかった。

『パタゴニア流浪の日々』は、一八九三年にロンドンの下宿屋で書かれた。そこに込められた主張を一言で表せば、ハドソン自身が大文字で書いた「パタゴニアを訪れてみよ」となるだろう。パタゴニアは、人類の病いに対する治療薬なのだ。同時に、パタゴニアへ行くことは、自由気儘に想像力の翼を拡げたダーウィンやメルヴィル、それにリー・ハントがいかに誤っているかを知る良い機会でもある。この本には彼らへの反証が次々と出てくる。空想による思いつきを排するという点では、ソローの『ウォールデン、森の生活』の精神に最も近いと言えよう。

ハドソンの考えでは、パタゴニアを知ることは、より高次の生き方、つまり、人間の思想とは全く無縁な「自然」と調和して生きる生き方を意味した。この考えを、ハドソンは「アニミズム」と呼んだ。すなわち、目に見える世界への真剣な愛、と。

ダーウィンの『ビーグル号航海記』の最終章には、次のような一節がある。

……過ぎ去った思い出を呼びおこすと、しばしばパタゴニアの平原が目の前に浮かんでくる。しかし、この平原は荒れ果てた何の役にも立たぬ土地、と誰もがきめつける場所なのだ。特徴として挙げられるのは、どれも否定的な性質ばかり。住民もなく、水もなく、木もなく、山もなく、わずかにいじけた小さな植物が認められるのみ。それなのに、なぜこの乾燥した荒野が、これほどまでにしっかりと私の記憶に焼きついているのだろうか。しかも、それは私だけの特殊な事情というわけではない。こんな荒野より、もっと平坦で緑なす肥沃なパンパスがほかにあり、そちらのほうが人類に益するところ大であるはずなのに、なぜそれが同じ強烈な印象を残さないのか。この複雑な感情は、どうもうまく説明がつきそうにない。ただ少なくとも、この土地にこちらの想像力をたくましくさせる何かがあることだけは間違いない。パタゴニアの平原は際限なく続いており、容易に横断を許さないので、それだけに未知の領域も多い。はるか昔から今のままの姿で続いてきたことを感じさせる平原。そして、将来にわたって、今のままの姿で永遠に続いていくことを予感させる平原なのだ。もし、古代の人々が想像したように、平らな大地の周りには、越えがたい茫洋たる海原か、それとも灼熱の砂漠が広がっているとしたら、知られている限りでは最後の秘境ともいうべきこの大平原を見て、名状しがたい深い感動を覚えない者がどこにあろうか。

こうしたダーウィンの当惑に一応の理解を示しながらも、ハドソンは冷ややかな眼でそれを見ている。ダーウィンの過ちは、パタゴニアに何かを探そうとしていることだ。かつて、アンデスの渓谷に白いインディオが住むトラパランダ[13]があると考えられたり、アロンソ・ピサロ[14]が伝説の都市マノア[15]を探し求めたように。パタゴニアには何も求めないほうがよい、とハドソンは言う。ただそれを感じ、感動せよ、と。

灰一色の、単調で（ある意味では）面白くないことこの上ないパタゴニア。それなのに、この地を訪れた多くの人の心にくっきりと刻印され、そのイメージが何度となく脳裡に去来するのはなぜか。私自身の経験に照らして言えば、その秘密はまさにそこにある。すなわち、我々を他にもまして感動させる力は、未知なるものの感化力でも我々の想像力でもなく、あの荒涼たる光景にひそむ性質そのものなのだ。

もう少し後で、ハドソンはその性質について詳しく述べている。

ある日、しじまに耳を傾けていると、ふとこんな疑問が浮かんだ。もし今、大声で叫んだらどうなるだろう？　そのときは、この思いつきはあまりにおぞましく、身の毛もよだつ「突拍子もない空想」だと思えたので、一刻も早く心から拭い去ってしまいたかった。だが、あの土地で孤独な日々を過ごしていると、どんな考えであれ、考えと名のつくものが心に浮かぶなどめったにないことだった。まして、動物の姿が視界を横切ったり、鳥の声が耳を驚かすことなど望むべくもない。こんな心理状態におかれたのは初めてのことだった。何かを考えようという気にはとてもなれない。……思考が停止してしまっていた。私の心は突然、考える機械から何か別の機能をもった機械へと変わってしまったのだ。無理にでも考えようとすると、頭の中でエンジンがブンブン鳴り響く感じがした。あの土地には私を沈黙させずにはおかない何かがあった。抗いがたい何かが。不安と警戒心が交錯する心理状態と言えばいいだろうか。かといって、今にも何かと出会いそうな、胸がわくわくするような期待感とも違う。それはどこか、今ロンドンの一室にゆったりと座って感じている安堵感に似ていた。……あのときの私には、その心理について考えを巡らせたり、訝《いぶか》る気力はなかった。初めてと言うよりは、どこかなつかしい感覚だった。強烈な高揚感はあったものの、私と私の思考能力との間に何かが入りこんでいることには気づかなかった。それにやっと気づいたのは、そうした感覚を失い、昔の自分、思考力を持った無味乾燥な自分に戻ったときのことだった。

なぜパタゴニアではこんな気持ちになるのに、熱帯林ではそうならないのか？それは、熱帯林が喧騒、鳥の歌、色彩、動物の生態といった多様さに溢れているからだ、とハドソンは言う。そこでは五感が常に働いている。それにひきかえ、

パタゴニアでは、平原は変化に乏しく、低い丘陵が続き、見渡す限り灰色一色につつまれた世界が広がっている。動物の姿も目新しい物も何ひとつ見当らない。そんな光景に接していると、心は自然を丸ごと一つのものとして受け入れるようになる。……パタゴニアの自然には、太古の昔をしのばせる、荒涼とした、悠久の安らぎといった趣きがある。あるいは、大昔から今日まで変わることなく、これからも永遠に変わらず続いていく荒野、とでも言おうか。そこに

住む人間は、定住の地をもたぬ一握りの未開人だけ。彼らは数千年も昔の先祖たちと変わらぬ狩猟生活を営んでいる。

空虚さ、荒涼とした風景、思考の停止。ロンドンで不遇をかこちながら、ハドソンはかつての幸福な日々を思い起こして、こうした特質を褒めちぎっている。彼にとって、パタゴニアとは何であったのか？　おそらく、ロンドンの下宿屋とは似ても似つかぬ理想郷だったのだろう。

ハドソンはパタゴニアに、アメリカのエデンを見ている。一頭の牝牛がのんびりと横たわり、それを枕に二十六頭の野生の豚がまどろむ平和な世界を。パタゴニアに住むことは、とりもなおさず自然に身を委ねること。逆説めくが、そこでは情熱は完全に挫かれる。熱狂は消え去り、残るのはただ蜜蜂の巣の一員となったような満足感だけ。彼は嫌悪感もあらわに、現実離れした「机上の空論」や、醜悪な動物も住んでいると書いたダーウィンの本、それに的外れな新聞記事や世間の関心を批判している。

人の死に様はどうあるべきか？　完璧な死とは「パタゴニア的」な死なのだ。

落馬がもとで一生を終える人、あるいは、水かさの増した川の瀬を渡ろうとして押し流され溺死する人のほうが、おおかたの場合、会計事務所とか食堂で卒中に襲われて死ぬ人よりも、幸福な生涯を送っているものだ。まして、リー・ハントがこの上なく美しい最期だと讃えた（私には唾棄すべき悪趣味に思えるのだが）、開いた本の上に青白い顔を突っ伏して死ぬ人に比べたら、はるかに幸福な死に方だろう。

だが皮肉なことに、ハドソンを待っていたのは、まさにこの唾棄すべき最期だった。

ブルース・チャトウィン　パタゴニアは永遠に荒野のままだろう、とハドソンは予言したが、結局その予想ははずれた。少なくとも南部は、世界一見事な「羊の国」に生まれ変わった。そして三十年もしないうちに、主にイギリス系の羊毛会社がこの地域を乗っ取ってしまった。サンタ・クルス州は、たちまち豪邸が居並び、狩猟が盛んな地区となった。祖母のいとこのチャーリーもまた、なんとか自力で山脈《コルディエラ》を臨むウェメウレス渓谷にとびっきりの土地を手に入れた。もっとも、「神にかけて、お前の家とお前の羊はみんな俺のものだ、とご親切にも断言する土地詐欺師」

の策略に引っかかって、すぐにそれを手離すことになったのだが。

アルヘンティノ湖の氷河を見に出かけたついでに、ラ・アニタ牧場に立ち寄った。牧場は現在、南部の牧羊業の大立物メネンデス・ベーティ家の所有になっている。一九二一年、アントニオ・ソトなるスペイン人の元サーカス軽業師に率いられたアナーキスト革命軍が、約三十人のイギリス人牧場主たちを人質にとったのが、この牧場だった。結局アルゼンチン軍に投降したあと、約百二十人の革命軍（ほとんどがチリ人だった）は銃殺され、当人が掘った墓穴に投げこまれた。一方、革命軍のリーダーたちはすばやく逃走し、国境を越えたのだった。

もちろん、パタゴニアの植民地建設が、すべてこんな風だったわけではない。移民のなかには、フォークランド諸島経由で入植した普通のスコットランド人小作農もいた。だが、周知のように、最初の入植者はウェールズ人だった。

彼らは狭苦しい炭坑や痩せた農地から逃れてきた者たちだった。ちょうどハドソンがパタゴニアに来る直前に、彼らはニュー・ウェールズ建設の意欲に燃えて、チュブット川流域に入植したのだ。なるほど、現代のウェールズ人のナショナリズムはパタゴニア植民とともに始まったのか、と思わせるに足る一例である。

移民団の指導者はバラのマイケル・ジョーンズ師だった。彼が依頼した土地周旋人は、まだイギリス人の手で汚されていない広い未開墾地を求めて、地球上をくまなく捜した。師は初めは大集団での移住を夢みていたが、いざ出発の日になると、開拓者はわずか百五十三人に減っていた。そして、彼らはそれ以上の脱落者もなく、一八六五年、チャーターした帆船ミモザ号でプエルト・マドリンに上陸したのだ。

彼らの子孫は今もそこに住んでいる。トレレウにある聖ダビデ会館では、毎年吟《アイ》唱詩人大会《ステズボド》が開かれているし、ガイマン村周辺には、素朴な牧歌的世界を思わせるキルバート司祭時代の農場が数軒ある。ジョーンズとかグリフィスといったイギリス名をもつ人物にスペイン語で話しかけなくてはならない状況というのは、イギリス人にはいささか奇異な感じがするものだ。そのうちの一軒の農家で、僕はウィリアムズなる人物に会った。彼のいとこのブリン・ウィリアムズ医師はウェールズに帰り、今ではアーチドルイド（詩人大会の役員）を務めているという。

一八八〇年代の末までには、ウェールズ人はこの谷間の入植地だけではおさまりきれなくなっていた。そこで一部は上流域に移住し、山脈の麓の丘陵地帯に自力で牧羊場を切り開いた。彼らが建設した村の名前はトレヴェリン。ウェールズ語で「水車場」を意味する。周囲はまるでワイオミングかユタを思わせる風景だった。だから、アメリカの西部に、法と秩序が胴枯れ病のごとく行き渡ったとき、冒険心冷めやらぬ連中がこの「南の最果ての地」に下ってきて新しい西部を建設しようとしたのも、考えてみれば無理からぬことだろう。

こうした連中の一人に、マーチン・シェフィールドなるテキサスの保安官がいた。もっとも、すでに「職権剥奪」の身だったけれど。パタゴニアに来てからというもの、彼は砂金採り、射撃手、コック見習い、と職を転々とした。やがて一九二二年に、エプエン付近の湖で、生きた恐竜プレシオサウルス（首長竜）を発見したと発表。そのニュースはたちまち世界の新聞の見出しを飾った。（この湖の水深はわずか二フィート半だった。）ブエノスアイレスの右翼系新聞は、わがアルゼンチンにもネッシーあり、とこぞってはやし立てた。一方、左翼系日刊紙はこう論評した。
「このような至福千年的、ピラミッド的、黙示録的な動物は、まるで聖母の再来のように一騒動を引き起こすが、たいていは泥酔したグリンゴ[16]の見る乳白色の靄《もや》のなかに現れるものである」

　このプレシオサウルスの逸話を追っていた僕は、エプエンのバーで、ガウチョたちと話をした。（パタゴニアという土地柄か、アラブ人のガウチョだった。）リーダー格とおぼしき男が、そう言や、この道を二〇キロほど行ったチョリアに、昔北アメリカ人の二人組の強盗が住んでいたな、と教えてくれた。翌朝、そこに出かけてみると、たしかに典型的な西部風の丸太小屋が建っていた。周りにはポプラの木が植えられ、家畜を入れる柵《さく》囲いもある。昔はきれいな家だったんでしょうね、と現在の持ち主は言った。そして、ぼろぼろになってはがれかけた花柄の壁紙を指さしながら、「ええ、あの二人の男を主人公にした映画がありましたね」と。

それから数か月後、僕はユタ州立歴史協会で一通の手紙を読んでいた。あの丸太小屋で書かれたもので、日付は一九〇二年八月十日となっている。

親愛なる友

もうとっくに僕はあなたのことを忘れてしまった（あるいは僕が死んでしまった）と、お考えになっていたかもしれませんが、親愛なる友よ、僕はまだ生きております。そして、昔の友人たちのことを思うにつけ、真っ先に思い出すのはいつもあなたのことです。こんな南の国にまで流れてきた男からの手紙に、さぞ驚かれたことでしょうね。でも、アメリカで暮らした最後の二年間というもの、アメリカは僕にとって狭すぎました。なぜか腰を落ち着けていられなかったのです。もっと広い世界を見てみたいと思いました。アメリカ国内で、ここぞと思うところは残らず見て回りました。……もうひとりのおじが死んだために、僕たち「三人家族」に三万ドルの遺産がころがり込み、僕は自分の取り分の一万ドルを受け取って、もう少し広い世界を見に出発しました。そして、南アメリカで一番すばらしい都市と地域を巡り、この地に行き着いたというわけです。この地方はとてもよさそうな土地に思われたので、腰を落ち着けることにしました。永住の地になりそうです。日を経るごとに、だんだんここが気に入っています。牛が三百頭、羊が千五百頭、見事な乗用馬が二十八頭、使用人が二人、それに四部屋ある立派な家、倉庫、厩《うまや》、鶏舎、そして鶏、これが僕の全財産です。唯一欠けているのがコックですが、それは僕が強情を張って独り身で通しているからです。一日中ひとりぼっちなので、ときにはとてもさびしくなります。隣人といってもたかが知れており、しかも、この国で通じる言葉はスペイン語だけ。おまけに、僕のスペイン語の会話力では、万国共通の話題である耳新しいスキャンダルにはとてもついていけません。……

この手紙を書いたのは、元モルモン教徒のロバート・リーロイ・パーカー。むしろブッチ・キャシディという別名のほうが有名だろう。狙った獲物は必ず手に入れる銀行・列車強盗団の首領で、アメリカ一のおたずねもの。手紙の受取人は故郷ユタに住むデイヴィス夫人、キャシディの親友エルザ・レイの義理の母である。文中の「三人家族」とは、キャシディと「サンダンス・キッド」ことハリー・ロンガボー、それにキッドの妻でデンバー出身の美人教師エタ・プレイスの「三角関係」を指す。エタは五代目エセックス伯爵の孫娘だという噂もある。そして、三人に三万ドルの遺産を遺してくれた「死んだおじ」というのは、一九〇〇年九月十日、ネバダ州ウィネマッカのファースト・ナショナル銀行に押し入ったワイルド・バンチ・ギャング団のことにほかならない。

これが、アメリカで三人がしでかした最後の強盗事件だった。そのころにはすでに、彼らにとっても仕事のペースは過熱ぎみで、見かねたユニオン・パシフィック鉄道は、有蓋貨車のなかに騎馬パトロール部隊を乗り込ませるほどだった。強盗の目的は、南アメリカに高飛びするための資金稼ぎだった。この仕事を期にワイルド・バンチ・ギャング団は解散し、馬でフォートワースに逃れた。そして、そこで撮った記念写真の一枚をウィネマッカの銀行の頭取宛に送りつけた。その写真は今も頭取の部屋に掛かっている。

その後、「三人家族」はニューヨークに赴く。キッドはエタのためにティファニーで金時計を買い、二人はここでも写真に収まっている。さらに、彼らはメトロポリタン歌劇場にも出かけた。キッド（本名はラインバッハ）は熱心なワグナー崇拝者になったと言われている。

やがて三人は船でブエノスアイレスに渡り、政府からチョリアの土地を譲り受け、そこに落ち着いた。三年後、ヨーロッパへ渡る資金欲しさに（ある無法者研究家によると、ワグナーを上演するバイロイト音楽祭に行きたくて）、彼らはマゼラン海峡に近いアルゼンチンの港リオ・ガジェゴスで、はでに銀行強盗をやらかした。ヨーロッパから戻ると、またチョリアに住みつくが、まもなくニューヨークで撮った写真から足がつき、ピンカートン探偵事務所に居場所を突きとめられてしまう。三人は小屋を売り払い、ほうほうの体でボリビアに落ち延びるが、そこで軍隊との銃撃戦の末、撃ち殺された、ということになっている。少なくとも映画の結末によれば。

ただ、無法者の歴史をひもといてみようとお考えの方には、一言警告しておかねばならない。無法者というのは十の偽名をもち、十の別の場所で死ぬことができる連中だ、と。ピンカートン探偵事務所のファイルでも、ブッチ・キャシディは三回死んだことになっている。しかも、その三回とも、場所はボリビアではない。僕の個人的な意見はこうだ。キャシディと彼の一味は、一九〇九年にボリビアから舞い戻った。キッドのほうは、一九一〇年にアルゼンチン国境警察との撃ち合いで殺された。一方、キャシディはアメリカに帰国し、畳の上で死んだ。一九二五年に、彼はユタ州のシープ・クリーク・キャニオンで馬の仲買人をしている旧友を訪ね、そこで再び丸太小屋暮らしをしたといわれる。故郷では、列車強盗を繰り返し、警察から身を隠して、マコーレー卿(17)の著作を読んだらしい。また別の話では、サークルヴィルの実家で老いた父と一緒にブルーベリーパイを食べたという。少なくとも、九十四歳で今も健在な彼の妹ルーラ・パーカー・ビーテンソンから聞いた話ではそうだった。

ポール・セルー　巨人を見たという最初の記録は、アントニオ・ピガフェッタ[18]のものだ。彼はマゼランの最初の世界周航に随伴して、三年間（一五一九年―二二年）日誌をつけている。以下は一五二一年九月ごろ、サン・フリアン付近での記録。

……ある日、誰も予期しなかったことだが、我々は海辺で一人の巨人を目撃した。丸裸で、踊り、跳ね、歌っている。そして歌いながら、自分の頭に砂や土をかけている。船長は船員の一人を彼のもとへ使いに出した。こちらに敵意のないことを示して巨人を安心させるために、船長は部下に、相手に合わせて歌い跳ねるよう命じた。それが効を奏したのか、船員はたちまちこの巨人を、船長が待つ小島に誘い出した。我々の前に連れてこられた巨人は、仰天し怖がった。そして、我々が天から降ってきたと思ったのか、天に向けて人差し指を突き立てた。巨人の背丈は仰ぎ見るほど高く、我々のなかで一番ののっぽですら、やっと腰のあたりに届くかどうかという有様だった。……

巨人の顔は赤と黄色に塗り分けられ、両頰には二つの心臓の絵が描かれている。また、毛がほとんどない頭は白く塗られていた。毛皮を巧みに縫い合わせた服を身にまとい、厚地の毛皮靴をはいている。鏡に映った自分の姿を見ると、おびえ、怒り狂った。

……船長はこの種族を［彼らの大きな足にちなんで］*パタゴンと呼んだ。巨人たちにはちゃんとした家はなく、身にまとっている動物の毛皮と同じもので覆ったテントに住んでいる。そしてジプシーのように、テントごとあちこち放浪するのだ。主食は生肉で、カパーエと呼ばれる甘い植物の根も食べる。船に捕えた二人の巨人は、一食で大きな籠一杯分のビスケットとネズミを数匹丸ごと平らげ、バケツ半杯分の水を飲んだ。

マゼランは、チャールズ五世と皇后への献上品として、巨人を二人さらうことに決めた。巨人たちはだまされて足かせをはめられたが、罠にはまったことを知ると、あえぎ、「雄牛のごとく」口から泡を吹き、「偉大なる悪魔セテボスに大声で助けを求めた」。こうして一騒動あったものの、やがて二人の巨人は洗礼を施された。「大《ビッグ》・

＊　一八七四年版の編集注

足族《フィート》」をスペインに連れ帰ろうという思惑だったのだが、途中で二人は死に――パウロと名づけられた巨人は太平洋上で死んだ――結局帰り着いたのは、ピガフェッタが書いた「巨人の話」だけだった。

シェイクスピアもこの逸話を読んだと思われる。その証拠が『テンペスト』(19)にある。たとえば、次の箇所を比べてみよう。

……我々が天から降ってきたと思ったのか、天に向けて人差し指を突き立てた。

キャリバン　あんた、天から降ってきたんだろう？
ステファノー　そうよ、月からな。昔は月に住んでいたんだ。

あるいは、こんな箇所も似ている。

……偉大な悪魔セテボスに大声で……

キャリバン　言うことを聞くしかねえか。こいつの魔法には
おふくろが信じる神様セテボスだってさからえずに
家来にされちまったもんな。

巨人の話は、デ・ヴェルト、スピルベルヘン[20]、シェルボックといった昔の探検家の記録にもでてくる。彼らもまた、巨人の呼び名として、マゼランが使ったパタゴン（「大足族《ビッグ・フイート》」）を踏襲した。また、バイロンの祖父[21]も「大足族《ビッグ・フイート》」に会ったらしい。風変わりな絵に描かれた彼は、パタゴニアの大女を不安げに見つめている。彼の身の丈は女の臍《へそ》の上あたりまでしかない。いかなる委細があって彼がパタゴニアに流

れついたかは、話せば長くなる。航海の途中に難破し、飢えをしのぎながらたくましく生き延びた彼の物語は、ピーター・シャンクランドの『ウェイジャー号のバイロン』に綴られている。シャンクランドから一節を引用してみよう。

トーマス・キャヴェンディッシュ(22)が彼らの足跡の一つを測ってみると、なんと十八インチ（約四五・七センチ）もあった。バイロンが爪先立ちをして精一杯手を伸ばすと、かろうじてパタゴニア人の頭のてっぺんに届くかどうかというところだった。

彼らの平均的な身長は約八フィート。「一番背の高い奴は九フィート以上にもなる」と乗組員の一人は書き記している。後になればなるほど、巨人たちはますますでかくなっていくようだった。その後、次々と提出された報告によれば、彼らの足はもっと大きいという。

トーマス・フォークナーが書いた『パタゴニア紀行』(一七七四年)にも、「パタゴン」が出てくる。一七三一年にフォークナーがアルゼンチンにやってきたのは、全くの偶然だった。彼が体調を崩したとき、看病をしてくれたのはアイルランド人のイエズス会修道士だった。それが縁で、フォークナーはやがてカトリックに改宗し、伝道のためパタゴニアをくまなく回っている。彼によると、ヨーロッパで「パタゴンの名で」知られている巨人族は、テウェルチェ族である。たしかに彼らは大きいには違いないが、それよりもはるかに巨大な人間の骨を見つけた、とフォークナーは言う。

カルカラーニャ川、別名テルセロ川がパラナ川に合流する地点から三、四リーグ(九―十二マイル)上流に遡った川岸に、人骨とおぼしき巨大な骨が多数見つかる。大きさはまちまちで、まるでいろんな年齢層の人骨が混じっているようだ。私が見つけたのは、大腿骨、肋骨、胸骨、それに頭蓋骨の破片。ほかには、歯、特につけ根の直径が三インチもある臼歯もあった。聞くところでは、こうした骨は、パラナ川やパラグアイ川の川岸でも見つかるという。……インディオの歴史家ガルシラソ・デ・ラ・ベガ[23]は、同種の骨がペルーにもあると言い、かつて巨人族がこの一帯に住んでいたが、男色の罪を犯したため、神に滅ぼされた、というインディオの言い伝えを紹介している。

この本はビーグル号の蔵書中にもあり、ダーウィンの愛読書だった。（ダーウィンはこの本の著者を、フォークナーではなく「フォルコナー」と呼んでいる。）その結果、彼自身も巨人族の出現を期待した。グレゴリー岬で、（とダーウィンは書く。）

我々は有名な「パタゴニアの巨人」と会見した。彼らは我々を心から歓待した。巨人たちは大きなグアナコの毛皮を外套のようにまとい、長い髪を垂らしている。そんな全体的な容姿から受ける印象のためか、身の丈は実際よりも高く見えた。平均身長は約六フィート。それ以上の者は何人もいたが、逆に低いほうはわずか数人だけだった。女もやはり背が高い。結局、彼らは我々が見たうちで、最ものっぽの種族であることは間違いない。

巨人たちは顔には顔料を塗りたくり、カタコトの英語とスペイン語を話した。アザラシ猟や捕鯨に来る白人と接触があったからだ。とはいえ、文明人とは言いがたく、「その文明の度合に比例して、風紀のほうも乱れていた」

それから五十年後、レディ・フローレンス・ディクシーはパタゴニア（「巨人の大地』）めざして船出した。「そこが海のかなたの魔境だったから」だ。同行者は、クイーンズベリ卿、ジェイムズ・ダグラス卿、そして彼女の夫と兄弟たちだった。

随伴した召使いはたったの一人だけ。この種の探検旅行では、イギリス人の召使いは必ず厄介な足手まといになることは目に見えていたからだ。連中ときたら、これから辛い「原始的な生活」を堪え忍ばねばならないという段になると、決まって折あしく病気になるといういまいましい才能を持ちあわせているのだ。

（レディ・フローレンス・ディクシー『パタゴニア横断』、一八八〇年）

数か月の長旅のあとで、彼らは（プンタ・アレナスで）本物のパタゴニアのインディオと対面した。彼らの見るところ、このインディオは「妙に人好きのしない男で、彼の種族の名誉のためにも、彼が悪い見本の一人であってほしいと願わずにはおれなかった」。見るからに身なりは不潔で、それにもましてレディ・フローレンスをがっかりさせたのは、彼とその部族のインディオたちの背丈が低いということだった。

私が印象深かったのは、彼らの身の丈というよりは、むしろ胸と筋肉が異常に発達している点だった。身長については、おそらく部族の平均は六フィートを超えてはいまい。私の夫が六フィート二インチだから、夫を基準にすれば、彼らの身長を正確に測るのに都合がよかった。たしかに一人か二人なら、夫をはるかに凌ぐ者もいないではなかったが、むしろそちらのほうが例外だった。

ただ一つ、レディ・フローレンスを満足させたことがある。インディオたちは足に、いかにもパタゴニア人らしい大きな長靴をはいていたのだ。

『テンペスト』では、キャリバンは「白人にだまされた原住民」を象徴しているように思える。一方、ピガフェッタやフォークナーの記述では、インディオはきりりとした偉丈夫で、その数もおびただしい種族として描かれている。ところが、ダーウィンの報告では、インディオはそれほど人数も多くなく、大柄でもなく、むしろ惨めで卑屈な連中だとされた。ヨーロッパ人が訪れるたびに、彼らの身長は縮んでいった。レディ・フローレンス・ディクシーはインディオを「急速に滅びゆく種族」と見た。彼女の夫よりも背が低く、「その数もせいぜい八百人ぐらい」だ、と。発見から五十年後に、伝説のパタゴニアの巨人――実際は小柄なパタゴニアのインディアン――は誰もいなくなった。

ブルース・チャトウィン　しかも、パタゴンは「大きい足」という意味にはなりえない。「パタ」はたしかにスペイン語の「足」もしくは「蹄」にあたるが、接尾辞の「ゴン」に意味はない。ドレイク艦長の艦隊付き牧師だったフランシス・フレッチャー[24]ですら、パタゴニア人という呼称に疑問を感じ、「身の丈五キュービット（腕尺）」を意味する「ペンタグール」に変えようとした。五キュービットなら身の丈七フィート半の大男ということになる。その後、僕は、パタゴンという珍獣が登場する中世後半の騎士物語『ギリシアのプリマレオン』に興味を覚えた。

著者は無名の作家で、スペインでの発行年は一五一二年、つまりマゼラン出航の七年前にあたる。この本は『テンペスト』が出される十五年前の一五九六年に、シェイクスピアの友人アントニー・マンディによって英訳されている。マゼランもシェイクスピアもこれを読んでいたにちがいない。

『ギリシアのプリマレオン』は長大な冒険譚で、十六世紀には血湧き肉おどる作品だと思われていた。およそ八百ページにわたって中身がびっしりと詰まっている。こういう類の本を、探検家たちは長い航海に持参したのだろう。今のわれわれがプルーストを持っていくようなものだ。このジャンルで最も有名な本は『騎士アマディスの物語』(25)だった。

『ギリシアのプリマレオン』の第一巻では、主人公はヨーロッパじゅうを駆け巡って、乙女を窮地から救い出し、巨人と戦い、コンスタンチノープルの皇帝を助けてトルコ人を打ち負かし、イングランドのエドワード王子と親交を結び、騎士にふさわしいありとあらゆる武勲を立てる。続く第二巻の終わりで、主人公はとある離島へ向けて出帆する。島に着くと、パランティンという若い王子が、島の奥には生肉を食らい、獣の皮に身を包んだ野蛮きわまりない種族が住んでいると主人公に教える。

だが、そんな種族も、私たちがパタゴンと名づけた怪物に比べれば物の数ではない。頻繁に姿を現すこのパタゴンは、森にすむ獣から生まれたと言われ、世界で最も不恰好に作られたできそこないの生き物である。人の言葉を解し、好色で、産みの親（と言われる相手）といつも一緒にいる。……

言うなれば、パタゴンはベーオウルフに討たれた怪物グレンデル(26)の末裔なのだ。

パタゴンはイヌの顔を持つ。耳は肩まで垂れるほど長く、歯は鋭くて大きく、口からひどく突き出している。足は雄鹿に似ており、すばらしく身軽に走る。パタゴンを見た者たちは彼について驚くべき事柄を語った。二頭のライオンを鎖につないで犬のように引き連れ、手に弓を持ち、いつも山をかけめぐっているというのだ。……

パタゴンのうわさを聞くとすぐに、騎士はこれを狩りに出かけることに決めた。そして死闘の末に、剣の二突きでパタゴンを倒す。

今や彼［パタゴン］は傷を負い、激痛に苦しんでいた。傷口からしたたる血があたりの草を赤く染めると、もはや立っていることもできずに地面にどうと倒れ、どんなに勇敢な者でも震えあがるほど恐ろしい吠え声をあげた。……

騎士は右から左から襲いかかる二頭のライオンを蹴ちらし、ライオンのつなぎひもでパタゴンを縛りあげると、ポロニアの女王グリドニアに献上するために船で運びだした。女王の娘、ゼフィーラ王女に秘かな思いを寄せていたからだ。航海中、パタゴンは荒々しい振る舞いを見せたが、船がついに港に着くと、女王がしぶしぶ船上へ見物をしにくる。女王は怪物を一目見るや、「これは悪魔以外の何物でもありません。……手元に置いてかわいがるなどもってのほかです」と言う。

しかし、ゼフィーラ王女は母親よりもはるかに勇気があった。王女はすぐさま怪物を気に入り、

……勇敢にもパタゴンへ歩み寄ってそばへ招きよせ、頭を撫で、やさしく扱った。すると、パタゴンはそれまでの強情な態度を捨てて、王女の足元にひれ伏し、大喜びで美しい貴婦人方の顔を覗き込んだ。そこで王女が鎖を手に取ると、

パタゴンはまるでスパニエル犬のようにおとなしく王女につき従った。……

ここで一言、説明しておいたほうがいいだろう。すでに十六世紀には、「巨人」テウェルチェ・インディオは犬の頭の「仮面」をかぶっていたという報告がなされている。だからこそ、マゼランは、彼らの一人がサン・フリアンの海岸で踊っているのを見て、「ほう！　パタゴン！」と叫んだのだろう。さらにまた、『テンペスト』のなかで、道化役のトリンキュローがキャリバンのことを、「この犬っころみたいな頭の怪物を見ていると、おかしくって笑い死にしそうだ」と言うのも、こういう背景があるからだ。

お粗末な小説に触発されて偉大な探検家が安っぽい行動を取り、これがさらに偉大な劇作家を刺激して傑作を書かせるという関係の連鎖を、ここに見ることができる。

ポール・セルー　フエゴ・インディオを見たダーウィンは、人類の起源に関する考えを深めると同時に、人類の間で進化の程度に違いがあるのではないかという思いを強くした。ダーウィンをはじめ、パタゴニアを訪れた旅人の興味を惹いたのは、魚を採りカヌーを作るインディオだった。主な文献をいくつか引用してみよう。

［ピガフェッタ］……ここの住人は一本の丸木でできた「カヌー」と呼ばれるボートを作る。鉄製の道具は持たないので一切使わない。彼らは小石ほどの石器を利用して木を削り、くりぬいて、こうしたボートを作るのだ。そこへ三十

人から四十人ほどの男が乗り込み、シャベルに似たオールを使ってボートを漕ぐ。漕ぎ手は身体の毛をすっかり剃りあげた素っ裸で真っ黒な連中で、地獄の悪魔のような姿をしている。……

［フランシス・フレッチャー］　このカヌーというボートは、数種類の木の樹皮からできており、船首と船尾が半円形を描くように内側へ向かって湾曲している。船体の様式は一種類のみだが、形はきわめて優美で、非常に均整が取れた見事な細工であるため、将軍や私たちの目には、鋭い審美眼がなくてはとても作れない代物だと思えた。粗野で野蛮な種族が使うためではなく、偉大で高貴な人物、そう、どこかの王子が舟遊びに興じるために作られたような感じだ。継ぎ目には水漏れを防ぐための詰め物が施してあるわけではなく、アザラシなどの獣の皮から作ったひもで綴じらているだけだが、ぴったりと縫い合わされ

ているので、水はほとんどしみ込まない。

（『フランシス・ドレイク卿　世界周航記』、一六二八年）

［フォークナー］　このインディオは海峡の両岸の海辺に住んでいる。……ウイリチェ族[27]や他のテウェルチェ族からときどき襲撃を受け、自由と命以外に失うものを持たない彼らは、奴隷として連れ去られる。魚を主食とし、水に潜ったり、槍でついたりして漁をする。また非常に足が速く、石のついた投げ縄を使ってグアナコやダチョウを捕まえる。体格は他のテウェルチェ族とほとんど変わらず、身長が七フィートを越える者は珍しく、たいていは六フィートもない。無垢で害のない人々だ。

［ダーウィン］　一八三二年十二月十七日。……声の届く距離まで近づくと、そ

こにいた四人の原住民のうちの一人が進み出て我々を出迎え、船着き場を教えようとして大声で呼び掛けはじめた。我々が上陸すると、彼らはやや警戒した様子を見せたが、身振り手振りをまじえて非常に早口でしゃべり続けた。それは今まで見たこともないほど興味深く、好奇心をそそられる光景だった。野蛮人と文明人がこれほど違っていようとはとても信じられなかった。人間には改良を加える偉大な力があるため、両者の開きは野獣と家畜の開きよりも大きい。……

十二月二十五日。……ある日、ウォラストン島近くの海辺を歩いていると、六人のフエゴ人が乗ったカヌーが脇に並んだ。今までよそでは見たことがないほど貧相でみすぼらしい連中だった。……［彼らは］丸裸で、成熟した女までが一糸まとわぬ有様だった。雨が激しく降っていたので、さわやかな雨が波しぶきと一緒になって彼女の身体から滴っている。そこからさほど遠くない別の港では、生まれたばかりの赤ん坊に乳を含ませながら、一人の女が我々の船のそばまで来て、ただ物珍しさから、その場を離れようとしなかった。その間にも、みぞれは降りかかり、裸の胸や、裸の赤ん坊の肌にあたって溶けていった。この哀れで惨めな連中は成長が止まっており、白い塗料を塗り立てた顔は気味悪く、肌は不潔で脂ぎっていて、髪はもつれ、声は耳障りで、仕草は荒々しい。このような連中を見ていると、彼らが我々と同じ人間であり、同じ世界に住む住人だとはとても信じられなくなる。……彼らの住む土地は、砕けて堆積した岩石、高くそびえる山々、そして無用の森林からなり、霧と止むことのない嵐に包まれている。居住できる土地はわずかに海岸の岩場だけだ。食物を見つけるために、絶えず場所を移動しなくてはならない。しかも、海岸は険しいので、みすぼらしいカヌーで動き回るしかない。彼らは家庭のぬくもりを知らず、それにもまして、家庭的な愛情を知らない。夫は妻を奴隷のように乱暴に扱う。

……彼らの技術は、見方によれば、動物の本能に近い。経験によって改善されることがないからだ。彼らが作るなかで最も精巧な作品であるカヌーでさえも、なんともお粗末で、ドレイクの報告からわかるように、ここ二百五十年のあいだまったく変化していない。……

ブルース・チャトウィン　ダーウィンがビーグル号へ持ち込んだ本の一冊に、ジェイムズ・ウェッデル[28]船長の『南極への航海』があった。二本マストのブリグ型帆船ジェイン号と一本マストのカッター船ビューフォイ号による航海だった。ウェッデルは前人未到の南極圏へ船を進め、一八二二年二月八日に南緯七四度一五分の地点に達した。そこで彼が目にしたのは、クジラと「青いウミツバメ類」と広大な海だった。彼は海図に「ジョージ四世海――航海可能」と書き込み、海は極に近づくにつれて暖かくなる、という感想を残している。

それから船は北へ向きを変えてホーン岬群島をめざし、ハーミット島でフエゴ人を満載したカヌーに出会う。フエゴ人は船を追い越しかねないスピードを出していたが、ウェッデル船長はどうにか彼らを引き止めて、聖書の一節を読んで聞かせた。すると、彼らは神妙な顔つきで聴き入り、聖書がしゃべるのだと思い込む者もいた。

ウェッデルはフエゴ人の言葉をいくつか書きとめ、どのようにしてフエゴ島に伝わったかは「言語学者にとって興味ある問題」だと認めながらも、この言語はヘブライ語であるという結論を下した。

ダーウィンがビーグル号での航海中に『航海記』を誌していたころ、ウェッデル船長の本は、ヴァージニア州リッチモンドに住む『南部文芸通信』の編集長エドガー・アラン・ポーの机の上にもあった。

ポーもまた、海の藻屑と消えた男が生きて帰還するという航海譚に取り憑かれた孤独な放浪者だった。彼もウェッデルの『南極への航海』を参考にして、狂気じみた自己破滅的な航海小説を書いた。『アーサー・ゴードン・ピムの物語』では、語り手がツァラル(29)と呼ばれる暖かい南極の島に上陸する。そこではあらゆるものが黒く、海を泳いでジェイン号という船に乗り込んできた野蛮な未開人も黒い肌をしていた。彼らの話す言葉もヘブライ語の一種である。つまり、ツァラル人はフエゴ人をモデルに、ポー自身の黒人に対する偏見をいくらか盛り込んで創造した架空の人種なのだ。

『アーサー・ゴードン・ピムの物語』は、十九世紀の書物のなかでは最も厄介で、最も異彩を放ち、最も想像力を刺激する本の一冊である。ドストエフスキーはこの本に触発され、めったに書かない文芸批評を書いた。また、『アーサー・ゴードン・ピムの物語』の仏訳者がボードレールだったという事情もあって、ボードレール自身による「旅」[30]（「だが本当の旅人とは、ただ旅がしたくて旅立つ人たちだ。……」）からランボーの散文詩「美しき存在《ビーイング・ビューティアス》」[31]にいたる、一連の「航海」詩が生み出された。

しかし、すべてのきっかけとなったフエゴ人の実態は、季節のリズムに合わせて暮らし、与えられた運命に満足した、どちらかというと心穏やかな人々だった。十九世紀の終わり頃、トマス・ブリッジズ司祭が宣教師としてビーグル水道に移り住み、信者のインディオたちが疫病で死に絶える前に、彼らの言語を辞書に編んだ。今や、この辞書は彼らをしのぶ記念碑となっている。ヤーガン族[32]の若者がシェイクスピアをも凌ぐ三万語強の語彙を持っていたと知ったら、ダーウィンはさぞかし驚いたことだろう。お暇のある方は、ぜひ大英博物館に所蔵されているブリッジズの手書き原稿をご覧になるようお薦めする。判読しにくい筆跡から浮かび上がるイメージは、ときとして想像を絶するほど美しいからだ。

ポール・セルー　同様に、ジョシュア・スローカム[33]船長による『世界一周単独航海』（一九〇〇年）の忘れがたい一節からインディオを判断するのも公平ではない。

……原住民のパタゴニア人とフエゴ人は……悪辣な商人と接触を持つにつれて、すさんでいった。この地［プンタ・アレナス］における商売の大部分は「火酒」の売買だった。原住民に有害な物を売ることを禁じる法律があっても、守られてはいなかった。立派なパタゴニア人種の見本のような男でも、朝町へやってきたときは抜け目なさそうにしているのに、陽が落ちる頃には白人と出会ったことを後悔し、盗まれた毛皮のことも口に出せないほど酒をあおっている。……私が到着する直前のことだ。総督本人は陽気な性格なのだが、最近どこかで帆船の乗組員が虐殺されたのを口実に、フエゴ人の集落を襲撃し手当たり次第に掠奪するために、血の気の多い若者の一団を送っていた。……海務監督を務めるチリ海軍の将校は、これより西の海峡に足を伸ばすつもりなら、インディオに対抗するために乗組員を雇い入れるよう私に勧め、砲艦の先導を待ってから出発するようにと言った。私はそのことにはそれ以上触れずに、ただ銃に弾をこめた。どうしようかと思い迷っていると、百戦錬磨のオーストリア人、ペドロ・サンブリッチ船長がやってきて、絨毯留《じゅうたんど》め鋲《びょう》の入った袋を私に手渡した。どんな戦士よりも、ティエラ・デル・フエゴの番犬よりも役に立つのだという。絨毯留め鋲など船の上では必要ない、と私は文句を言った。サンブリッチは私の経験不足を笑い、必ず必要になるから、と言って譲らなかった。「使うときは気をつけろよ。自分で踏みつけないようにな」。鋲の使い方について、こんなふうに遠回しの助言を受けて、やっとすべてが理解できた。見張り続けなくても、夜に甲板へ侵入する者を追い払う方法があるのだ。……

まもなく彼は海峡の奥へ入り込み、泥棒湾という「思わせぶりな名前」の入江にさしかかる。

……眠気が襲ってくると、甲板に鋲をばらまき、自分で踏みつけるなという旧友サンブリッチの助言を胸に、床へ入った。まいた鋲は、かなりの数が針が上へ向くように気を配った。というのも、スプレー号が泥棒湾を通るとき、二隻のカヌーが現れてあとをつけてきたからだ。もはや私が一人きりではないことは疑いようもなかった。

今や、鋲を踏みつけた者は必ず声をあげるはずだ。信心深いキリスト教徒なら、絨毯留め鋲の「尖った針」を踏みつけても平気で口笛を吹くだろうが、野蛮人なら泣きわめいて空をつかむだろう。その夜の十二時頃、私が船室で眠っていると、まさしくその通りのことが起こった。野蛮人たちは私を船ごと「捕まえた」つもりだったのだろうが、鋲を踏んだとたん、私か誰か他の人間にやられたと思って、考えを変えたらしい。連中は猟犬の群れのように吠え声をあげるので、番犬は必要なかった。銃もほとんど使わなかった。彼らはあわてふためき、カヌーへ飛び乗ったり、痛みを鎮めるためだろうか、海へ飛び込んだりした。去っていきながら、今の出来事についてしきりに話していたようだ。私は甲板へ出て、自分がここにいることをごろつきどもに知らせるために銃を数発放ち、再び床へ入った。あれだけ慌てて逃げたのだから、もう邪魔されることはないと確信して。

フエゴ人は残酷だが、もともとは臆病者なのだ。……

そして誰もいなくなった。……ヤーガン族の絶滅は次のように記録されている。

（ほぼ同じことが、フエゴ島の全部族におこった。）

［年］		［ヤーガン族の人数］
一八三四年	ビーグル号がティエラ・デル・フエゴを離れる その後、アザラシ捕りとクジラ捕りがやってくる	三〇〇〇
一八八〇年	全部族あわせて七千人から八千人と宣教師が数えたが、実際は	一二〇〇
一八八八年	バークレイによる推定数	八〇〇
一八八九年	アルゼンチン政府が飢え死にしかけて震えるヤーガン族に服を配り、人数を数える	四〇〇

一九〇八年　バークレイが再び数える　一七〇
一九二四年　ロスロップが数えた人数　五〇

一九二五年、ロスロップはこう書いている。

同年［一九二五年］の後半に、ティエラ・デル・フエゴではしかが猛威をふるった。ヤーガン族に何が起こったか知らないが、ウィリアム・ブリッジズ氏の手紙によると、二十人以上の大人のオナ族と数えきれないほどの子供が亡くなった。わずかばかりの混血をのぞいて、ティエラ・デル・フエゴのインディオは絶滅したものと思われる。

（サミュエル・カークランド・ロスロップ『フエゴ島のインディオ』、一九二八年）

今残ったものといえば、ウスアイアの小さな広場に立つ記念碑、「インディオに捧ぐ《アル・インディオ》」のみである。

ブルース・チャトウィン　もちろん、ティエラ・デル・フエゴ（フエゴ島）は「火の国」を意味する。諸説ある語源の説明のなかで最も知られているのは、マゼランがインディオたちの焚き火を見て、フエゴ島を「火の国」と呼んだというものだ。当時、島には活火山があったからだという説もあるが、地質学的に見て、これは正しくない。また一説によると、マゼランが見たのは煙だけで、そこからこの島をティエラ・デル・ウモ、つまり煙の国と呼んだのを、チャールズ五世が地図にこの名前を見つけ、火のない所に煙は立たぬと言って、名前を変えてしまったのだという。
第一の語源説の典拠は、マクシミリアーノ・トランシルバーノ(34)の書にある。彼は、何とか生き延びてスペインに帰り着いたマゼランの部下たちと会見した男である。

十一月も間近になると、夜の長さは五時間を超し、岸辺には人っ子一人見えなかった。だがある晩、主に左手の方角に無数の焚き火が見えた。そこから判断すると、この地方の原住民たちも、乗組員の姿をずっと監視していたのだろう。ところがマゼランは、この地が岩だらけなうえに、一年中寒さにとざされた殺風景な荒野だと見てとると、何日もかけてここを調査するのは時間の無駄だと考えた。

マゼランが先に船を進めたのは賢明だった。というのも、この海峡の天候ときたら、普段は地獄さながらのひどい有様なのだ。実際、マゼランの幸運は特筆ものだった。いつもは世界有数の荒海だというのに、彼が海峡に船を乗り入れたときは、たまたま海面は鏡のように凪いでおり、「太平洋《パシフィック》」と名づけるほどだったのだから。

しかし、「火の国」をめぐる問題は、これで片づいたわけではない。一六一九年に初めてホーン岬（オルノス岬）を回ったのは、スハウテンとル・メール(35)の二人のオランダ人だった。ホーンという岬の名は、岬の形や南アメリカの形ではなく、彼らの故郷であるオランダの港ホールンにちなんで名づけられたものだ。それ以前には、ティエラ・デル・フエゴは「未知なる南方大陸」、すなわち「さかさま国」の北端の岬だと考えられていた。「さかさま国」を思いついたのはピタゴラスである。そこは上下が逆さまの国で、人間の居住には全く適さない。雪は上へ向かって降り、木々は下へ向かって生え、太陽は黒く輝き、十六本の指を持つ「さかさま人」が踊り狂っている。そして、「我々がそこへ行くことも、彼らがこちらへ来ることもできない」と言われていた。いわば、そこは一種の地獄だったのだ。それなら、マゼランが上陸しようとしなかったのも不思議ではない。

アメリカが発見されたときから、つまり、コロンブスとヴェスプッチが発見した土地がヨーロッパ製の地図に描き込まれたときから、この恐ろしい場所と、神が造られた我々の世界とのあいだには、両者を隔てる海峡があるのが自明の理になっていたからだ。だからこそ、ニュールンベルクのマルティン・ベーハイム[36]という地図製作者も、当然のこととして海峡を描き込み、それを発見しようと、マゼランは船を進めたのだ。

この問題は、地球の裏側に関する中世の概念のせいでいっそうややこしくなった。たとえば、ダンテは、南半球には誰も人は住んでいないし、住むこともできない、つまり人間にとって立入禁止の場所だというギリシア人の説を信じていた。『地獄篇』のなかで最も読者の興味を惹く箇所と言えば、「さかさま国」の真ん中にあって、そこから生きて還った者はいないと言われる「煉獄の山」(37)を探しに、オデュッセウス(ウリッセ)が南へ向かって航海するくだりだろう。その出だしで、ダンテは『オデュッセイア』に出てくる盲目の預言者テイレシアスの言葉(38)に触れている。すなわち、オデュッセウスは故郷イタケーで妻ペネロペイアと過ごす生活に満足できないが、やがて死が海から迫ってこよう、という預言だ。第二十六歌のなかで、ダンテとウェルギリウス(ヴィルジリオ)は、地獄の第八圏(39)で炎に包まれるオデュッセウスの姿を見る。オデュッセウスは知識欲にかられ、死んだ者しか登れない禁断の山へ生きたまま近づこうとしたために罰せられたのだ。

地球の裏側へ達しようとする探検家の情熱を綴った文章は数知れないが、なかでも異彩を放っているのは、オデュッセウスがいかにして部下を説得し、地中海から大洋に出たかを、自ら語ったくだりだ。まさにヘラクレスの標柱(40)を通り抜けようとしたとき、

「諸君」と私は言った。「十万の危険を冒し、諸君は世界の西の果てに来た。もはや余命の長くはない諸君が、その短い夕暮の一刻を惜しむあまりに、沈む太陽のあとをおい、人の住まぬ世界を探ろうとするこの冒険に、よもや参加を拒みはしまいと信ずる。諸君の生まれを考えよ。諸君は獣のごとき生を送るべく生を享けたのではない。諸君は知識を求め徳に従うべく生まれたのである」

この短い演説で、私は仲間たちの熱意を駆り立てたので、先へ先へとはやりたつ彼らを抑えるのはもはや不可能だった。そこで船尾を日出づる方に向けると、まるで翼をつけて飛ぶように櫂《かい》をかき、ひたすら左手へ左手へと漕ぎ進んだ。いまや夜空には南極とそのすべての星が見え、北極星は低く沈んで、海原の上へ昇らなくなった。我々が大海へ乗り出してから月は五たび満ち、五たび欠けた。そのとき、はるかかなたに黒ずんだ山が現れた。かつて見たこともないほど高い山が。我々は歓喜したが、歓びはたちまち嘆きに転じた。この未知の土地から竜巻が巻き起こり、船首を激しく襲ったからである。風は船を水もろとも三たびめぐらし、四たびめぐらすに及んで、船尾を高く持ちあげるや、船首から船を沈めた。それも神の御心だった。やがて海は我々を呑み込んで海面を閉ざした。

言うまでもなく、この一節に触発されて、テニスンも「ユリシーズ[41]」という詩を書いた。

何の益があろう。無為の王たる自分が、
このような岩だらけの地で、静かな炉辺に
老妻とつれそって、貪り、眠り、食うだけの連中に、

そしてわしを理解しない未開の民に、
不完全な法律を按配しながら施行することに。
わしは旅をやめて休むことができない。
人生を滓までも飲みほしたいのだ。

ポール・セルー　『地獄篇』第二十六歌は、ポーが書いた『アーサー・ゴードン・ピムの物語』の結末にも影響を及ぼしている。カヌーに乗ってからくもツァラル島を脱出した主人公は、南方へ流され、猛烈な勢いで破壊の渦に呑まれる。

三月二十二日。暗さは目に見えて増してきた。わずかに水の輝きが、目の前の白い水蒸気の幕に反射するのみだった。その幕の向こうから、巨大な青白い鳥が次々と飛んできては、相も変わらぬテケリ・リ！　という叫び声をあげて、視界から消えていった。それを聞くと、ヌヌは船底で身じろぎをした。が、触ってみると、すでに亡くなっていた。今や、我々は瀑布のふところ目がけて突進していた。そこには割れ目が開き、我々を迎え入れようとしていた。だが、行く手には屍衣を着た人物が立ちふさがっている。その体は普通の人間とは比較にならないほど大きく、皮膚の色は雪のように白かった。

さらに、『白鯨』のピークォド号が沈没する場面にも、形を変えて出てくる。

一瞬、乗組員たちは茫然として立ちすくみ、そして振り返った。「船は？　いったい、船はどこだ？」　まもなく、不安をかきたてるおぼろげな霞を通して、傾きながら消えていく船のまぼろしが、蜃気楼のように浮かびあがった。マストの頂だけを水面上に残して。その間、異教徒の銛打ちたちは、茫然自失してか、忠誠心からか、それとも運命だと悟ってか、先ほどまでは高くそびえていた監視台にとどまったまま、身動きもせず、沈んでいきながらも海上を見張り続けていた。そしてとうとう、同心円を描く幾重もの渦が、ただ一艚残っていたボートをとらえ、乗組員も、漂うオールや槍の柄をも、ことごとく巻き込んだ。生あるものも生なきものも、すべてが一つの渦に巻き込まれてぐるぐると旋回し、ピークォド号はかけらすら残さず姿を消した。

ブルース・チャトウィン　再びダンテに戻ろう。『神曲』の第二部に当たる『煉獄篇』で、ダンテとウェルギリウスは地獄から出る。[42] 寂しい広野を横切って進み、はるか遠くに「海の震え」を認め、ついに人気《ひとけ》のない浜辺に到る。「そのあたりの海を航海した者で、生きて還れたためしのない」海だった。二人は海のほとりに立ち、渡し船を待つ亡霊たちに出会う。彼らは、遠くに頂を見せる「煉獄の山」を目指しているのだ。ダンテもともに順番を待つが、オデュッセウスと違って、運の良いことに、生者の国へ戻る通行券である黄金の枝[43]を手折っていた。

マゼランが様々の発見をしたという事実がヨーロッパじゅうに知れ渡りはじめる

と、少なくとも詩人たちは、自分をオデュッセウスの再来だと思うようになる。いや、当のマゼランですら、パタゴニアの海岸に沿って南西方向へどんどん進んでいるとき、昔から言い伝えられている地球の裏側への「狂った航路」を思い出していたにちがいない。マゼランが部下の反乱を何度も抑えねばならなかったという事実からも、彼らの恐怖がいかに大きかったかがわかる。海峡の向こうに「火の国」の北岸が見えたとき、彼らがフエゴ人の焚き火を地獄で燃える死者の魂だと勘違いしたのも、いたしかたないことに思える。

もちろん、ルネサンス時代のヨーロッパの詩人たちは、すぐに、マゼランやオデュッセウス、海峡、渡し守、「死と復活」といった話題を織り混ぜた神話をせっせと作りはじめた。アンダルシアのルイス・デ・ゴンゴラ(44)もその一人だ。作品『孤愁』のなかで、ゴンゴラはマゼラン海峡を「とらえどころのない銀の蝶《ちょうつがい》番」と書き表わしている。

二つの海をつないで一つの大洋となす蝶番よ、
そが口づけを捧げるは、明けの明星の絨毯か
それとも、ヘラクレスの岩か。

しかし、死の床に臥したジョン・ダンほど、来世に到る「南西航路」を見事に歌
いあげた者はない。

今近づきつつある、聖なる部屋で、
とこしえの聖者の歌とともに
私はあなたの音楽となろう。
ここへ来たなら、入り口で楽器の音を合わせ、

そして、そのときなすべきことを、ここで前もって考えておこう。

医者たちが、やさしい心遣いで地図製作者になれば、
この床に身を横たえる私は彼らの地図となり、
熱の海峡を通って黄泉の国へ到る
南西航路を発見してもらおう。

海峡を越えるとき、私は喜びをもって西の方を見るだろう。
この流れに乗れば、誰も後戻りできないが、
西の国は私を傷つけはしない。
西と東が、平らな地図（この私）の上では一つであるように、
死は復活に通じているのだ。

太平洋が私の家なのか？
それとも東方の富める国々？　あるいはエルサレムか？
アンヤン、マゼラン、ジブラルタル、
すべての海峡が、そして海峡だけが、それらの場所に通じる道
ヤペテやチャムやセムの住むところへ

エデンの園とカルヴァリの丘、
キリストの十字架とアダムの木は、一つ所にあると言われる。
神よ、二人のアダムが私の中で出会うのを見たまえ。
最初のアダムの汗が私の顔をおおうとき、
最後のアダムの血で私の魂を包み込みたまえ。

神よ、キリストの血に包まれた私を受け入れたまえ、
そのとき、イバラの冠が私にはもう一つの「王冠」となる。
私がこれまで他の人々にあなたの言葉を伝えてきたように、
これを私の聖書、私自身への説教となしたまえ、
私を天にあげるために、神は私を見捨てたもうのだ。

（「わが神への賛歌——病床にあって」(45)）

三途の川の渡し守の伝説が、ヨーロッパとは全く別個に、この地域のインディオのあいだで生き続けていたことを知ったとき、僕はどれほど嬉しかったことか。「南の果て」での最後の日々は、穏やかな緑したたるチロエ島で過ごした。この島の若者は、パタゴニアの牧羊場へ出稼ぎにいくのが習わしになっている。島をほぼ

二分する二つの湖、ウイリンコ湖とクカオ湖からあふれ出た水は太平洋へ注ぎ込んでいる。死者の魂はその流れに乗って海を渡り、あの世へ辿り着くと考えられている。

クカオへの道は、ダーウィンの時代と変わらず、ひどいものだった。そこで百四十年前のダーウィンにならって、僕も渡し船に乗ることにした。しかし、もしダーウィンが三途の川の渡し守の伝説を知っていたら、日記にこんな文を書く勇気があったかどうか。

ペリアガ（丸木舟）とは荒削りの奇妙なボートだが、乗っている人間はそれにもまして奇妙だった。これほどまでに醜い六人の小男が、一艚のボートに乗り込んだことはかつてあるまいと思った。

クカオに到着したとき、スカンジナビアの博物館でときどき見かける、古代スカンジナビア人の住居の復元模型を思い出した。その夜、私は一番大きな家に泊めてもらい、炉端で、ドン・アントニオという年老いたインディオの語りべに会った。老人はミラロボという男の人魚の話をしてくれた。ミラロボは近隣の娘を一人さらって、沼の底にある宮殿に住まわせたという。その他にも、海の怪物、バシリスク、トラウコ、サイレン、貝を繁殖させる力を持った赤い髪の海の妖精ピンコヤなどの話を聞いた。

夕暮の薄明りのなかで、老人は入江の端にある黒い岩を指差し、あれが渡し守の船着き場だと言った。

「昔、渡し守の話を聞いて嘲笑った男がいたよ。男はわしらの忠告も聞かずに、あの岩に登って『渡し守！　渡し守！』と叫んだんだ。すると、渡し守がやってきたのさ」

訳注

(1) **マンダレイ**　ビルマ中部、イラワディ河畔の都市。一八五六年、ミンドン王によって建設され、一八八五年にイギリスに併合されるまで、アラウンパヤ朝ビルマ王国の首都。

(2) **ティンブクトゥ**　アフリカ西部、マリ共和国中部、ニジェール川付近の町。サハラ砂漠の南縁に位置し、サハラ隊商路の終点として十一世紀頃より栄えた。十六世紀には、金、奴隷の取引きでイスラム教文化と西アフリカ文化の接点となる。一八九三年からはフランスの支配をうけた。フランス名はトンブクトゥ。

(3) **バハーイ教**　一八六三年、ペルシアの宗教指導者バハー・アッラーが興したバーブ教の一派。すべての宗教の一体性、人類の平和と統一、偏見の除去、男女の平等などを説く。

(4) **テウェルチェ族**　自称チョニック。パタゴニアからフエゴ島にかけて分布する先住民。言語学的にはチョン小語族系の一部族をさすが、言語学以外の文献では、パタゴニア地方の先住民一般をさす呼称。

(5) **ブロブディンナグ人**　ガリヴァーが二度目の航海で訪れる巨人国の住民。身長が六十フィートもあり、王妃付きの女官たちは、ガリヴァーの眼前で酒樽二杯分も排尿する。ガリヴァーの話を聞いたこの国の王は、ヨーロッパ人を「自然が今までに地を這わせてやったものの中でも、最も邪悪な、厭うべき小害虫の一種」だと断言する。

(6) **ゼウスの鷲** ギリシア神話では、クロノスから隠れている生まれたばかりのゼウスに、鷲がネクタルを運ぶ。また、雷を下す神ゼウスは鷲を従えている。さらに、ゼウス自身も鷲の姿をとってエウロパを凌辱する。

(7) **『老水夫の歌』** 老水夫の乗った船は赤道を越え、南アメリカの南端ホーン岬に近づくと、暴風に襲われ、流氷漂う南極海をさまよう。そして、吉兆の鳥であるアホウドリを射殺したあと、その罪のせいで苦難の漂流が続く。

(8) **アーネスト・シャクルトン** (一八七四―一九二二年)。アイルランド生まれの南極探検家。スコットの指揮下に南極探検に参加(一九〇一年)。次いで、自ら南極探検隊を率いて(一九〇七―九年)、南緯八八度二三分の地点に達した。第三回の探検で(一九一四―一六年)、南極を横断しようとしたが難船し、南ジョージア島に避難した。このときの記録が『南極』(一九一九年)である。第四回探検の途中、南ジョージア島の沖の船中で病没。

(9) **ニアサランド** アフリカ南東部の元英国保護領。マラウィの旧称。

(10) **ピアチェンツァ** イタリア北部エミリア・ロマーニャ州の都市。

（11）**W・H・ハドソン**（一八四一―一九二二年）。イギリスの博物学者、小説家、随筆家。ブエノス・アイレス近傍のキルメス村で生まれ、一九〇〇年、イギリスに帰化した。著書には、アルゼンチンにおける少年時の追憶を美しく描いた『はるかな国とおい昔』（寿岳しづ訳）、南米の森林を背景にしたロマンス『緑の館』（柏倉俊三訳、ともに岩波文庫）、『パタゴニア流浪の日々』（柏倉俊三訳、山洋社）などがある。

（12）**エレファント島**　一九一四年、シャクルトンはエンデュランス号とオーロラ号で南ジョージア島をめざして出発。エンデュランス号が氷原で難破すると、橇《そり》とボートの小隊を率いてエレファント島に向かい、一六年四月十五日に目的地に到達した。シャクルトンは、チャーリーの家の居間で『マゼラン・タイムズ』のインタビューを受け、エレファント島に残された部下の苦境について演説をぶっている最中に銃を暴発させ、そこにあった版画に穴をあけた。

（13）**トラパランダ**　アンデス山脈の奥地にあると考えられていた秘境の架空地名。この桃源郷を舞台とした「トラパランダの物語」が多数生まれた。

（14）**アロンソ・ピサロ**　ゴンサーロ・ピサロ（一五一一頃―四八年）。ペルーの征服者フランシスコ・ピサロの弟で、一五四一年、オレリャーナを副官として、エクアドル東方にあると言われた肉桂の国へ大遠征を企てたが、失敗した。「アロンソ」は、同様に黄金郷への探検を企てたアロンソ・デ・ルーゴとの混同か。

(15) **マノア** 黄金郷エル・ドラードの首都。オリノコ川の支流カロイン川の水源にある金砂のパリマ湖岸にあるとされた。市中のものはすべて黄金でできている。ファン・マルティーネスというスペイン人が、マノアで七か月過ごした後、大量の黄金を餞別として与えられたという話は、ウォルター・ローリーをはじめ多くの探検家の想像力をかきたてた。

(16) **グリンゴ** 南米に住む英米人の蔑称。

(17) **マコーレー卿** (一八〇〇—五九年)。イギリスの歴史家、政治家。メルボーン内閣の陸相、ラッセル内閣の主計総監、グラスゴー大学総長を歴任。一八五七年、男爵。主著の『英国史』(五巻、一八四八—六一年)は、ホイッグ党的偏向の嫌いがあるが、大いに名声を博した。

(18) **アントニオ・ピガフェッタ** (一四九一—一五三四年頃)。イタリアの航海者。マゼランの世界一周航海で無事帰還した十八人の一人。教皇クレメンス七世のすすめに従って書いた『世界周航記』は、フランス語およびイタリア語で公刊され、のちに他の諸国語にも訳された。邦訳は、長南実訳「マガリャンイスの世界一周航海」(「大航海時代叢書」第I期、第一巻所収、岩波書店)。

(19) **『テンペスト』** 一六一一年頃書かれたロマンス劇。材源の一つとして、新世界にまつわる記録や随想、とりわけ一六〇九年にバーミューダ島で遭難した「海洋冒険号」に関する記録が指摘されている。プロスペローとミランダが漂着する未開の島には、魔女の落し子である奇形の野蛮人キャリバンが住んでいる。

(20) **スピルベルヘン** オランダの世界周航者。一六〇二年、マゼラン海峡を経由して太平洋を横断した。『ヨリス・ファン・スピルベルヘンの日誌』(デルフト、一六〇五年)。

(21) **バイロンの祖父** ジョン・バイロン(一七二三―八六年)。別名「悪天候のジャック」。ウェイジャー号によるアンソン卿の世界周航に参加したが、チリ沖で難破し、原住民に捕えられ、まもなく帰国した。その『遭難記』(一七六八年)は数か国語に訳された。その後、ドルフィン号を率いて太平洋探検を行ない、ソサエティ群島を発見。また、『世界周航記』(一七六六年)を書いて名声を得た。

(22) **トーマス・キャヴェンディッシュ** (一五五五頃―九二年)。イギリスの航海家。ドレイクの世界周航に刺激され、一五八六年、三船を率いてプリマス港を出帆。大西洋を南下し、マゼラン海峡を通過し、太平洋を横断して二年五十日を経て帰国。三人目の世界周航者となった。

(23) **ガルシラソ・デ・ラ・ベガ** (一五三九―一六一六年)。ペルーの歴史家。スペイン人征服者とインカ王女の子。『インカ皇統記』などを書いた。

(24) **フランシス・フレッチャー**　ドレイクの旗艦ゴールデン・ハインド号の牧師として、ドレイクとともに世界周航した。途中で一時ドレイクから破門されたこともあるが、彼が書いた日誌は貴重な記録となっている。

(25) **『騎士アマディスの物語』**　『ゴールの騎士アマディス』はスペインとポルトガルの中世騎士物語で、現存する版は、十五世紀後半のガルシア・デ・モンタルボ作と言われる。ゴール（ウェールズ）の王と小ブリテンの王女との間に生まれたアマディスが、騎士道の華として数々の武勲を立て、最後はローマ皇帝を破って、大ブリテンの王女と結ばれる物語。アマディスの息子、甥、孫を主人公として、次々と続編が書かれた。

(26) **怪物グレンデル**　古英語で書かれた叙事詩『ベーオウルフ』に登場する巨人で、カインの末裔。壮絶な闘いの末に、母の女怪とともに、ベーオウルフに討たれる。

(27) **ウイリチェ族**　言語上はアラウコ語族南語群に属する。アラウコ系インディオは、もともとチリ北部のかなり広域に分布した遊動民で、南米先住民のなかでも、スペイン人による支配に対して、最も組織的かつ強固な抵抗を続けた部族。

(28) **ジェイムズ・ウェッデル**　（一七八七―一八三四年）。イギリスの航海者。海軍を退役後、ロンドンのエンダービー兄弟社に雇われ、捕鯨とアザラシ猟を目的として南極圏を探検した。彼に因んで、南オークニー諸島南方の海がウェッデル海と命名された。『南極への航海』（ロンドン、一八二五年）。

(29) **ツァラル**　南極八三度二〇分、西経四三度五分の、南極圏を越えたところにある島。島民は黒檀《たん》のように真っ黒な肌で、たっぷりとしたもじゃもじゃの長髪をしている。物語の語り手であるゴードン・ピムにとって、この島は理性から最も遠い辺境であり、最後に彼が呑み込まれる南極の巨大なクレバス（真っ白い雪の肌をした巨人）は、精神の深淵の隠喩である。

(30) 「**旅**」『悪の華』所収。旅人の魂は、理想の国イカリア、アメリカ、逸楽の町カプア、「暗黒」の海へと、次々と船出しようとするが、ボードレールにとって、旅とはあくまで「精神」の身振りにほかならない。

(31) 「**美しき存在**」『イリュミナシオン』所収。「雪を背景に、背の高い美しき存在」を描く。『アーサー・ゴードン・ピムの物語』の最後で、ピムが見る雪のように白い超自然的存在の出現に想を得た、と見る説もある。

(32) **ヤーガン族**　フエゴ島の南岸と、ビーグル水道をはさんでホーン岬までの島々に住んでいた狩猟漁労採集民。ヤーガンという名称は、もともと民族名ではなく、ヤーガン族の分布域のほぼ中央にあるマレー海峡地方を原住民が Yahga と呼んでいたのを、イギリス人宣教師トマス・ブリッジズが用いたもの。ヤーガン族の自称はヤマナであり、これは「男」を意味する。トマス・ブリッジズは三十年間ヤーガン族と生活を共にし、三万二千語を超す『ヤーガン語・英語辞典』を完成した。

(33) **ジョシュア・スローカム**　史上初の単独世界周航者。邦訳は、『スプレー号周航記』(高橋泰邦訳、草思社)。

(34) **マクシミリアーノ・トランシルバーノ**　スペインのカルロス一世の宮廷に仕えていたフランドル人秘書。マゼラン船隊の最後の一隻であるビクトリア号が、一五二二年九月、セビリャに帰り着いたあと、生き残りの十八名の乗組員のうち、船長セバスチャン・デ・エルカーノ以下三名から聞きとったところを詳細に記録した。一五二三年に公刊。邦訳は、長南実訳「マゼランの最初の世界回遊航海」(『未知への旅』所収、グロリア・インターナショナル)。

(35) **スハウテンとル・メール**　オランダ人船長ウィレム・スハウテン(一五六七頃—一六二五年)と指揮官ヤコブ・ル・メールは、特権を与えられた東インド会社が独占していたインド洋経由とマゼラン海峡経由のコースを避け、ル・メール海峡からホーン岬を回って太平洋に入る新航路を発見した。スハウテンは『航海日誌または記録』(アムステルダム、一六一八年)を出版した。

(36) **マルティン・ベーハイム**　(一四五九頃—一五〇七年)。ドイツの航海者、地理学者。ポルトガルのジョアン二世の宮廷付き地図製作者で、現存する最古の地球儀を一四九二年に作製。この地球儀によって、マゼランは「海峡」の存在を確信した。

（37）「**煉獄の山**」 中世の地図では、エルサレムを陸地の大陸（北半球）の中心として描き、その東端をインド、西端をジブラルタルとした。一方、南半球は「煉獄の山」（エルサレムの対蹠地《たいせき》）を除き、完全に海の半球であり、人が住むことはできないとされた。

（38）**テイレシアスの言葉** 『オデュッセイア』第十一巻で、オデュッセウスはキルケーの助言に従い、冥界を訪れ、預言者テイレシアスの霊から、未来についての託宣を受ける。それによると、オデュッセウスは故郷イタケーに帰り着き、穏やかな死を迎えることになっている。一方、別の伝説によれば、彼は他の勇士たちと大西洋を航海し、アフリカの西方の海で暴風にあって死んだことになっている。ダンテは後者の説に従っている。

（39）**地獄の第八圏** ここでは、欺瞞者、とくに策略をめぐらして人を欺いた者が炎に包まれている。

（40）**ヘラクレスの標柱** ギリシア神話によれば、ヘラクレスは北アフリカのアビラとスペインのカルベという二つの山の上に、向かい合って二本の柱を立てた。そこから先へ航海する者は生きて還れないことを告げる標識として。

（41）「**ユリシーズ**」 テニスンの劇的独白詩。ダンテに倣い、求知欲に駆られる老オデュッセウス（ユリシーズ）の姿を描く。

（42）**地獄から出る** 『煉獄篇』第一歌で、ダンテとウェルギリウスは煉獄の山がそそり立つ島の岸辺に到る。眼前には、オデュッセウスが難破した海が広がっている。

(43) **黄金の枝** 『アエネーイス』第六巻で、アエネーアースは、クーマエの巫女シビュラから、生ある者の冥府探訪の条件として、金葉の小枝を手折るように教えられる。

(44) **ルイス・デ・ゴンゴラ** （一五六一―一六二七年）。スペイン文学の黄金世紀を代表する詩人。『孤愁』や『ポリフェモとガラテアの寓話』にみられる複雑な隠喩、聖書や神話からの引用、破格構文などによる独特のバロック的文体は、「ゴンゴリズモ」と呼ばれた。

(45) **「わが神への賛歌――病床にあって」** 一六二三年（あるいは一六三一年）の作。「南西航路」の発見に託して、臨終の覚悟をうたう。聖なる部屋（天国）に近づきつつある詩人は、その戸口で、楽器の音を合わせよう（神への賛歌を歌おう）と言う。もし看取る医者が地図製作者なら、「小宇宙《ミクロコズム》」たる自分の体は地図に等しい。もしそうなら、マゼランが「海峡」を通って南西航路を発見したように、詩人も熱の海峡を通って来世への道を探せるはずだ。地球儀（詩人）の上では西（死）と東（復活）は一つなのだから。そのとき、来世は太平洋か、東インドか、エルサレムか。そこへ行くには、ベーリング、マゼラン、ジブラルタル海峡《ストレイツ》（苦難）を通るしか道はない。そして、死と復活が一つなら、主よ、どうか私の罪を贖いたまえ。（黄金聖人伝によれば、キリストはアダムが埋葬された場所で死んだという）。

訳者あとがき

南アメリカ大陸の南緯三九度以南に広がる荒涼たる大地パタゴニア。強風吹きすさぶ乾いた台地と、太平洋岸の大氷河を特徴とするこの地は、「地の果て」の代名詞として、久しく西洋人の想像力をかき立ててきた。マゼランが巨人（パタゴン）の住む悪魔の大地と見て以来、パタゴニアは探検家や文学者が、自在にその想像力をはばたかせた白いキャンバスであったと言ってもいいだろう。たとえば、実際にその地を踏んだダーウィンやW・H・ハドソンは別にしても、シェイクスピア、ダンテ、コールリッジ、メルヴィル、ポー、テニスン、ボードレール、ランボー、ゴンゴラ、ダンなどは、この「地の果て」に魅せられた架空の旅人であった。

このような様々な文学的連想が絡みついたパタゴニアをめぐり行く旅は、必然的に「歌枕」の旅となる。そして、その旅に二人の水先案内人が許されるなら、ブルース・チャトウィンとポール・セルーの名前を挙げることに、おそらく誰しも異存はないであろう。この二人は、当代切ってのトラベル・ライター（いや、チャトウィン流に「文学的旅行者《リテラリ・トラベラー》」と呼ぶべきか）であるだけでなく、屈指のパタゴニア通でもあるからだ。チャトウィンについては、最近『マイセン幻影』の題で映画化された『ウッツ男爵――ある蒐集家の物語』（池内紀訳、文藝春秋）によっていくらか日本でも知られるようになったが、やはり彼の本領は紀行文や、旅を主題とした小説にある。その一つが『パタゴニアにて』（邦訳は『パタゴニア』、芹沢高志・芹沢真理子訳、めるくまーる社）であり、本書の内容とも一部重複する文学的香りの高い紀行文である。併せてお読みいただきたい。

もう一人の著者であるポール・セルー（「セロー」という表記は誤り）については、改めて紹介するまでもないだろう。『モスキート・コースト』（中野圭二・村松潔訳、文藝春秋）などの傑作によって日本の読者には馴染み深い名前となっているからだ。ただ、彼とパタゴニアとの結びつきには、一言触れておく必要がある。ある雪景色の朝、セルーは南北アメリカ大陸縦断の夢を抱いて、ボストンの自宅を旅立つ。そして次々と列車を乗り継いで南下し、ついにパタゴニアのエスケルという小さな駅に降り立つところで、この旅は終わる。その痛快な記録が『おんぼろパタゴニア急行』である。（前半の十一章が『古きパタゴニアの急行列車』として阿川弘之訳で講談社から出ている）。

こうして本書は、「パタゴニア」という土地《トポス》（主題）をめぐる、チャトウィンとセルーの架空「再訪記」の形をとることになる。かつてこの地を放浪した思い出から、大航海時代の様々な文献、あるいはパタゴニアにまつわる文学作品の引用へと、お互いの話を受けながら、話題は次々と展開していく。このあたりの呼吸は、どこか連歌を巻く呼吸に似ている。さしずめチャトウィンが宗匠格といったところか。次第に二人のテンションが高まり、競い合って手持ちの文学作品を引用する後半部の白熱ぶりを、存分に味わっていただきたい。

本書は *Patagonia Revisited* (Michael Russell, 1985) の全訳である。もともと二百五十部の限定出版であり、二人の著作リストからも漏れているという意味でも、まさに「幻の書」と言っていい本だろう。この稀覯本を探し出した目利きは白水社編集部の平田紀之氏であり、訳者はそれをできるだけ乾いた文体で日本語に移しかえたにすぎない。その際に、既訳のあるものは可能な限り参照させていただいたが、最終的には拙訳で通した。先人たちの優れた業績に、この場を借りてお礼を申し上げたい。最後に題名について一言。吉田健一氏の名訳『ブライヅヘッドふたたび』に対する訳者と編集者の秘かなオマージュが、そこにはこめられている。

一九九三年十一月

池田栄一

この作品は、一九九三年十二月に白水社より刊行されました。

訳者略歴
一九五一年生まれ
九州大学大学院修士課程修了
英文学専攻
東京学芸大学教授
主要訳書
A・S・バイアット『シュガー』（共訳）
H・ペトロスキー『本棚の歴史』

パタゴニアふたたび《新装版》

二〇一五年九月一日 印刷
二〇一五年九月二〇日 発行

著　者 ブルース・チャトウィン
ポール・セルー
訳　者 © 池《いけ》田《だ》栄《えい》一《いち》
発行者 及川直志
発行所 株式会社白水社
〒一〇一-〇〇五二
東京都千代田区神田小川町三-二四
電話 〇三-三二九一-七八一一（営業部）
〇三-三二九一-七八二一（編集部）
振替 〇〇一九〇-五-三三二二八
http://www.hakusuisha.co.jp
乱丁・落丁本は、送料小社負担にてお取り替えいたします。

装　幀 小林　剛（UNA）
印刷所 株式会社理想社
製本所 株式会社松岳社

Printed in Japan
ISBN978-4-560-08424-3

さまよえる湖（新装版）

スウェン・ヘディン 著／関楠生 訳

中央アジア、タリム盆地東端の塩湖ロプ・ノールがタリム川の流路の変化によって移動するという説を唱えたヘディンは、一九三四年その確認のため現地を訪れる。ロマンと感動溢れる紀行。

ヤングハズバンド伝

激動の中央アジアを駆け抜けた探検家

金子民雄 著

一九世紀末、英国の軍人・探検家として中央アジアとチベットに深くかかわったヤングハズバンド。残された日記と膨大な資料をもとに、彼の足跡と当時の国際情勢を丹念に描いた初の評伝。

大ヒマラヤ探検史

インド測量局とその密偵たち

薬師義美 著

大ヒマラヤの探検と聞けば耳に快い。だが、この地の探検といえば、生臭く、血を見る虚々実々の駆け引きのもと、帝国主義的な野望の渦巻く苛酷な「グレート・ゲーム」でもあったのだ。

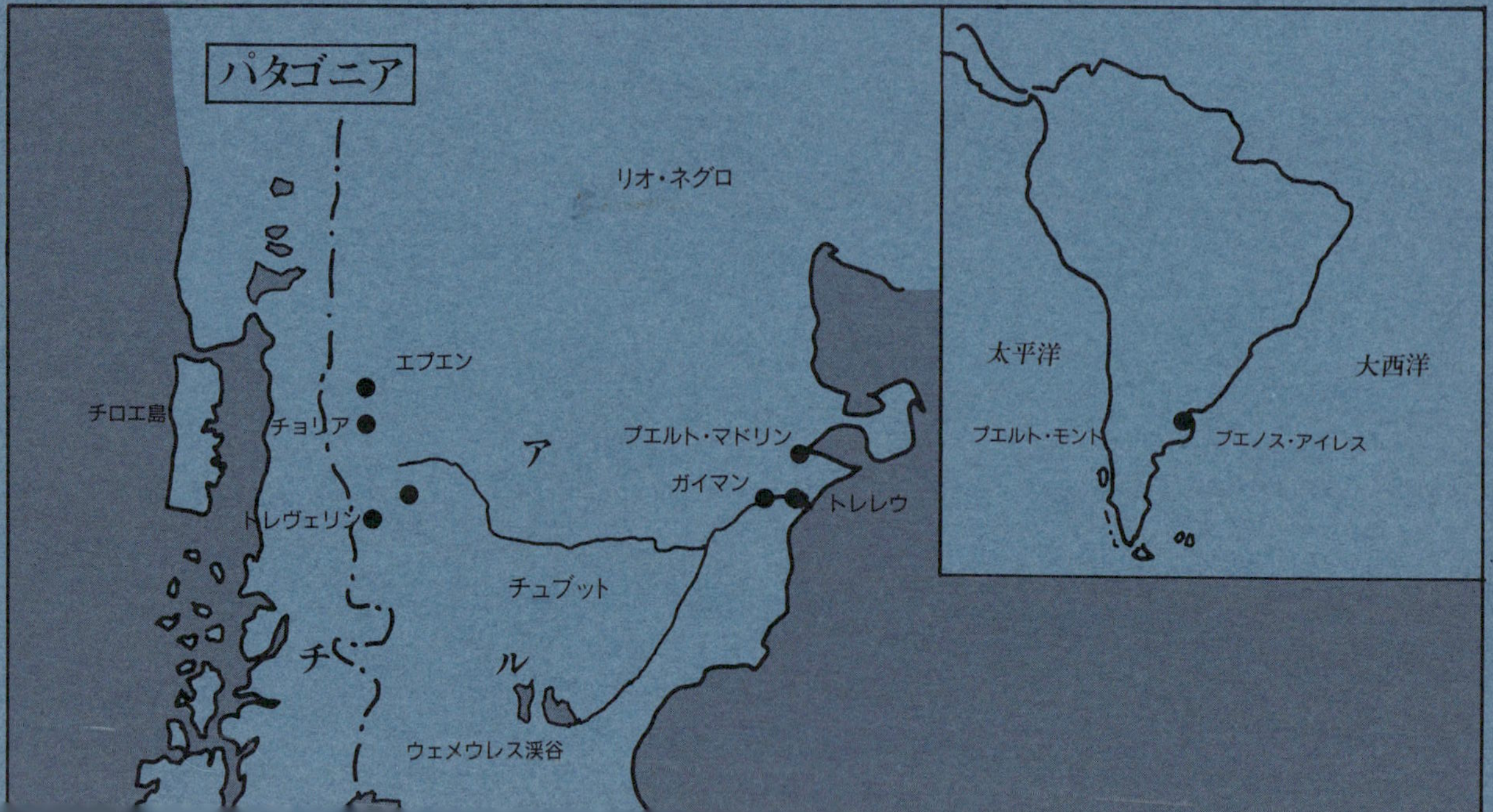
パタゴニア
リオ・ネグロ
エプエン
チロエ島
チョリア
トレヴェリン
ア
プエルト・マドリン
ガイマン
トレレウ
チュブット
チ
ル
ウェメウレス渓谷
太平洋
大西洋
プエルト・モント
ブエノス・アイレス